世界最佳情爱小说

与情人书

柳鸣九　主编 / 鉴评

河南文艺出版社
·郑州·

图书在版编目（CIP）数据

　与情人书／柳鸣九主编. —郑州:河南文艺出版社,2020.10
（世界最佳情爱小说）
ISBN 978-7-5559-1010-7

　Ⅰ.①与…　Ⅱ.①柳…　Ⅲ.①中篇小说-小说集-国外②
短篇小说-小说集-国外　Ⅳ.①I14

中国版本图书馆 CIP 数据核字（2020）第 160807 号

选题策划　　陈　静
责任编辑　　陈　静
书籍设计　　吴　月
责任校对　　殷现堂
责任印制　　陈少强

出版发行　河南文艺出版社
本社地址　郑州市郑东新区祥盛街 27 号 C 座 5 楼
邮政编码　450018
承印单位　河南新华印刷集团有限公司
经销单位　新华书店
开　　本　890 毫米×1240 毫米　1/32
印　　张　6.625
字　　数　187 000
版　　次　2020 年 10 月第 1 版
印　　次　2020 年 10 月第 1 次印刷
定　　价　42.00 元

柳鸣九

主编／鉴评

柳鸣九,1934年生,湖南长沙人,毕业于北京大学西方语言文学系。中国社会科学院外国文学研究所研究员,中国社会科学院研究生院外国语言文学系教授、研究生导师,曾任中国法国文学研究会会长、名誉会长。

在法国文学史研究、文学名著翻译等领域,均有很高的建树,并主持多种大型丛书、套书编选工作,是本学界公认的权威学者、领军人物,以卓有学术胆识著称,并享有"著作等身"之誉,对人文知识界有较大的影响。其论著与译作已结集为《柳鸣九文集》(15卷),约600万字。2006年,荣获中国社会科学院最高学术称号:荣誉学部委员。

CONTENTS
目 录

费得里哥的故事

［意大利］薄伽丘
方平 王科一 译

作者简介

　　薄伽丘（1313—1375），意大利文艺复兴时期的作家，出身于资产阶级家庭，经过商，学过法律，从事过政治和外交，晚年致力于研究古希腊罗马文学。他最著名的作品是《十日谈》，这是资产阶级文艺复兴时期最早的代表作之一。此外，他还写过长篇小说、史诗、叙事诗、十四行诗，创作量甚大。他还是一个文学批评家，注释过但丁的《神曲》，他的《但丁传》是意大利最早的文学批评论著之一。

　　菲罗美娜的故事讲完了，女王看看只剩下她自己和第奥纽两个人没有讲，而第奥纽又有特权最后一个讲，因此她自己便高高兴兴地接着讲道：

　　各位好小姐，现在轮到我来讲了，我非常乐意。我这回讲的故事，其中的情节有一部分和刚才讲的一个相同，因为我不光是要让你们知道，你们的美貌对于多情的心灵具有多大操纵的力量，而且也要让你们认识到，在适当的时机下，你们也可以主动去钟情于人，不必老是听从命运之神的支配，因为命运之神教你用情，大都不是恰如其分，而是过分。

你们一定都知道，考帕·第·包几斯·多明尼奇是我们城里一个极有威望、极其受人尊敬的人，说不定现在还活着。他是个了不起的人，配享千秋万代的盛名，这倒不是因为他出身高贵，而是因为他处世为人实在太好了。他到了老年，很喜欢和邻里亲朋谈谈以往的事情。他谈起来头头是道，娓娓动听，谁都没有他那样好的记忆力，没有他那样优雅的谈吐。

他讲过许多好听的故事，其中有一个故事他常常喜欢讲到。他说，从前佛罗伦萨有个青年名叫费得里哥，是费利坡·阿尔白里奇的儿子。他武艺高超，风度优雅，在土斯堪尼全境没有哪一个青年抵得上他。他也像一般士绅一样要谈情说爱，爱上了当代全佛罗伦萨最美丽动人的一位太太，名叫乔凡娜。他为了博得她的欢心，常常举行骑马和比武竞赛，或是宴请高朋贵友，挥金如土，毫无吝啬。但是这位太太不光是长得漂亮，而且很有节操，他这些做法一点也不能打动她的心。

费得里哥耗费无度，有出无进，不久钱都用光了，只剩下一块小农场，靠它的收入节俭度日，此外还养着一只鹰，倒是天下最好的品种。他这时比以前更沉醉于爱情，依旧想在城里出出风头，怎奈力不从心，只得住到他农庄所在地的康比地方去，成天放放鹰，安于贫穷，不和外界来往。

正当他穷到极点的时候，乔凡娜的丈夫一病不起，眼见即将去世，便订立遗嘱，把万贯家财都传给他的成年的儿子，儿子死后如没有合法的后嗣，这笔遗产就由他的爱妻继承。立好了遗嘱，他就去世了。

乔凡娜就这样做了孤孀。那年夏天，她也按照当地妇女的惯例，带了儿子到乡下的一个庄园里去避暑。恰巧她的庄园正和费得里哥的庄园在一起，因此她的儿子就结识了费得里哥。这孩子非常喜欢打猎放鹰；费得里哥的鹰有好几次飞到他那里，他看了极其喜爱，巴不得占为己有，但是看到费得里哥把它看作至宝，所以又不便开口。

孩子就这样思念成疾，母亲见了非常焦虑，因为她只有这一个儿子，爱如掌上明珠。她整天在床前陪着他，不断地安慰他、哄他。几次三番地问他是不是想要什么东西，叫他只管说好了，只要她办得到，她想尽办法也要把它弄来。孩子听见母亲这样说了好多遍，就说："母亲，如果你能把费得里哥那只鹰弄给我，我的病马上就会好起来。"

他母亲听了这话，思量了一番，琢磨着这事应该怎么办才好。她知道费得里哥早就爱上了她，而她连一个眼色也不曾回报过他。她心里想："我听说他那只鹰是天下最好的鹰，而且是他平日唯一的安慰，我怎么能够叫他割爱呢？人家什么也没有了，就只剩下那么一点乐趣，要是我再把它剥夺掉，那岂不是太不近人情了吗？"

虽然她明知只要向费得里哥去要，他一定肯给她，但是她总觉得有些为难，一时竟不晓得如何回答她儿子是好，只得沉默了片刻不作声。最后，她爱子心切，终于打消了一切疑虑，决定无论如何要使儿子满意，亲自去把那只鹰要来给他。于是她就对他说道："孩子，你放心好了，赶快把病养好，明天一早我就去把那只鹰讨来给你。"

孩子听了十分高兴，当天病就轻了几分。

第二天，夫人带了一个女伴，闲逛到费得里哥家里。恰巧这几天天气不好，费得里哥不能出去放鹰，正在花园里监督手下人做些零碎事。他听得乔凡娜登门拜访，又惊又喜，连忙出来迎接。夫人见他来了，立即站起身来，温文有礼地招呼他。费得里哥恭恭敬敬地问候过她之后，她就说道："你近来过得好吗，费得里哥？以往蒙你错爱，致使你自己受累匪浅，今天我特地前来向你致歉。为了聊表我的心意，我打算和我的女伴今天上午在你这里吃便饭。"

费得里哥连忙谦卑地回答道："夫人，你说哪里的话！我从来没有因为你而受过什么累，只觉得得益匪浅。我这一生毫不足道，还幸亏爱上了你，才使我的人生有了些意义，我应该归功于你才是。如今蒙你屈尊光临寒舍，我真是万分荣幸。如果我的身家依然一如当年，再为你倾家荡产也在所不惜，无奈我已经一贫如洗了。"

说着，他就十分羞惭地把她让进屋子，领到花园；眼见没有外人在场，他就说道："夫人，现在没有别人在这里，就让我这个长工的妻子陪你一下，我到外面去安排饭菜。"

他现在虽是一贫如洗，可还从来不曾后悔当日的挥霍无度，今天他才算第一次领略到没有钱的苦处。从前他为了爱上这位太太，曾经宴请过无数的宾客，可是今天他却拿不出一点像样的东西来款待她了。他焦急得好像发了疯似的，跑来跑去，结果一个钱也找不出来，又拿不出什么东西去当些钱来，只有怨天尤命。眼看时间已经不早，他非得对她多少尽些心意不可，而他又不愿意求人，连他自己的佣工他也不愿开口借钱，于是他的目光就落到那只栖息在小客厅的鹰身上。他现在已是一筹莫展，只得捉起那只鹰，摸摸它长得很肥，觉得也不失为孝敬夫人的一碗菜肴。因此他就毫不迟疑，把它一把勒死，吩咐他的小使女钳毛洗净，捆扎停当，放到烤叉上去，小心烤好。他又把剩下的几块洁白的餐巾摆在桌子上，过了不大工夫，就笑盈盈地到花园里去跟夫人说，午饭已经准备好了，只是请夫人不要笑他寒酸。

夫人和她的女伴立即起身，与费得里哥一同吃饭。费得里哥殷勤地把鹰肉敬给她们吃，她们却不知吃的是什么肉。饭罢离席，宾主愉快地交谈了一阵，夫人觉得现在应该是说明来意的时候了，就转过身去对费得里哥客气地说道：

"费得里哥，你只要记起你自己以前富裕的时候，为我一挥千金，而我却坚守节操，那你一定会觉得我这个人是多么无情无义。今天我来到这里，原也有件紧要的事情，你听了更要奇怪我这个人怎么竟会冒昧到这般地步。可是不瞒你说，你只消有一子半女，也就会领略到做父母的对子女有多么疼爱，那你也多少可以原谅我一些。

"可惜你没有子女，而我却有一个儿子。天下做父母的心都是一样，因此我也不得不违背着我自己的意愿，顾不得礼貌体统，求你送给我一件东西。我明知这件东西乃是你的至宝，而且也难怪你这样看重它，因为你时运不好，除了这一件东西之外，再没有别的东西可以供你消遣，给你安慰的了。这东西不是别的，乃是你的一只鹰。想不到我那孩子看见了你这只鹰，竟爱它爱得入了迷，得了病。如果不让他弄到手，他的病势就要加重，说不定我竟会就此失去他。所以我请求你把它给了我，而且不要为了爱我而这样做，而是本着你一贯崇尚礼仪的高贵精神。你若给了我这件礼物，就好比救了我儿子一条命，我一生一世都会感激你的。"

费得里哥听了夫人这番话，眼看那只鹰已经宰了吃掉，无法应承夫人，一时哑口无言，竟失声痛哭起来。夫人起初还以为他是珍惜爱鹰，恨不得向他声明不要那只鹰了。可是她毕竟没有马上把这层意思说出来，倒要看看他究竟如何回答。费得里哥哭了一会儿，说道：

"夫人，上天有意叫我爱上了你，怎奈命运总是一次又一次地和我作对，我真是说不出的悲痛。可是命运从前对我的多次刁难，若和这一次比较起来，实在算不得一回事。只要一想起它这次的刁难，我一辈子也不会跟它罢休。说来真是太痛心，当初我锦衣玉食的时候，你从来不曾到我家里来过一次，今日我何其侥幸，蒙你光临寒舍，向我要这么一丁点东西，它却偏偏和我过意不去，叫我无法报效你。我现在就来把这原因简单地说给你听。

"承蒙你看得起，愿意在我这里吃顿饭，我就想：以你这样的身份地位，我不能把你当作一般人看待，应当做几样像样的菜肴来款待你，才显得得体，因此我就想，这只鹰还算不错，可以给你当作一盘菜。你早上一来，我就把它宰好烤好，小心奉献上来，自以为尽到了我的一片心意。不料你却是这样的需要，使我无从遵命，实在要我难受一辈子！"

说着，他就把鹰毛、鹰脚和鹰嘴都拿到夫人面前来，表明他没有说假话。夫人听了他的话，看了这些物证，起初还怪他不该为了一个女人而宰掉这样的一只好鹰。但是她转而一想，心里不禁暗暗赞叹他这种贫贱不能移的伟大胸襟。于是，她只得死了心，又担忧着儿子会因此一病不起，回得家去好不沮丧。不幸那孩子没过几天就当真死了，不知究竟是因为没有获得那只鹰以致忧伤而死呢，还是因为得了个绝症。夫人当然悲恸欲绝。

虽说她痛哭流涕，然而她毕竟还是个年轻富有的孤孀，因此过了不久，她的兄弟们都劝她改嫁。她虽是不肯，可是他们再三相劝，她不由得想起了费得里哥的为人高尚以及他最后一次的豪举，就对她的兄弟们说道：

"我本当不打算再嫁，可是，你们如果一定要我再嫁，我不嫁旁人，一定要嫁给费得里哥·阿尔白里奇。"

她兄弟们听了，都讥笑她说："你真是个傻女人，怎么说出这种话来？你怎么看中了这么个一贫如洗的人呢？"

她回答道："兄弟，我知道你们说的话不假，不过我是要嫁人，不是要嫁钱。"

她兄弟们看她主意已经打定，也知道费得里哥虽然贫穷，品格却非常高尚，只好答应让她带着所有的家财嫁过去。费得里哥娶到这样一个心爱的女人，又获得这么一笔丰厚的妆奁，从此节俭度日，受用不尽，夫妇俩快慰幸福地过了一辈子。

鉴评："我是要嫁人，不是要嫁钱"

　　这篇故事选自意大利薄伽丘的《十日谈》。《十日谈》可说是最早的一部著名短篇小说集了，其中有一百个故事，题材虽然并不单一，但爱情占较大比例。当然，这里所说的"爱情题材"是从广义而言，指的是对男女之间关系的描写，包括正常的与不正常的，合法的与非合法的，矛盾的与和谐的，等等。这些故事都是文艺复兴时期市民文学的代表作，贯穿了强烈的反宗教、反教会、反禁欲主义的精神。

　　这一篇是《十日谈》中第五天的故事第九，比较真实地反映了市民阶级的生活，它所叙述的故事虽然很概略，表现了主人公费得里哥经历了一些时日的追求和最后获得幸福的整个过程，其中并无奇特的情节，一切都比较自然：佛罗伦萨那位最美丽动人的太太乔凡娜，并不像其他故事里的少妇那样，有那种粗俗、低廉的"浪漫史"；而后，她的丈夫死了，她又有机会遇见了费得里哥；她既然需要再嫁，而且早知道他过去对自己爱慕得如醉如痴，那么，其结果是可想而知的，何况她再一次验证了他对自己矢忠不贰的热情呢。这一切都很现实，很合乎情理，它如同后来的夏尔丹笔下的市民阶级的日常生活图景一样，普通而真实。

普通而真实并不等于平庸。文艺作品的普通而真实之中总要有某种比实际生活更集中、多少有点意义的东西才行，而作为爱情小说，总应写出一点感情上的东西。费得里哥的故事中某种感情的东西表现在哪里？表现在那一只鹰上，他对那只鹰的疼爱与他最后的处置，正流露出了他真挚的感情，而那个富孀，也正是从这只鹰上看出了他的诚意。特别有意义的是，这位少妇并不因为费得里哥已经一贫如洗，也不顾亲戚们的劝阻，而最终和他结了婚，这个中世纪的妇女说出了一句很动人的话："我是要嫁人，不是要嫁钱。"这是《十日谈》中一句闪光的话，即使在今天看来，不也是颇为难能可贵的吗？

资产阶级上升时期的文学，在性爱问题上表现了两种倾向：一种是上面所说的以"颂欲"来反对封建宗教的"禁欲"，再一种就是表现新兴的等级在性爱上的道德力量和人性美。席勒的《阴谋与爱情》就是以市民人物高尚的道德情操来对照封建势力的邪恶阴险。狄德罗的《私生子》更是市民阶级道德的一则"颂歌"，这个剧本写两个市民阶级的青年同时爱上一个少女，一个为了忠于友谊，宁可自己失恋，甚至企图自杀以成全朋友的爱情，另一个也要以高尚行为来报答好友，其主题显然是颂扬市民阶级道德的高尚。每一个阶级在上升的时期都经历过这种道德的自信和自我颂扬。费得里哥的故事无疑属于这一类型，而且是这一传统的最初的一个例证。

今年万灵节的花絮

[捷克] 聂鲁达

蒋承俊 译

作者简介

聂鲁达（1834—1891），捷克杰出的诗人、小说家。父亲是个退伍军人，在小城区开杂货铺。聂鲁达的童年常因家境贫寒而受到纨绔子弟的嘲笑，不平等的社会现实在他幼小的心灵里留下了极为深刻的印象。中学时期，他积极参加爱国文化活动。1848 年欧洲革命对他的生活及创作有较大的影响。他当过中学教师和报刊编辑。新闻工作扩大了他的眼界，使他更广泛地接触到社会各阶层的人物，为后来的文学创作提供了丰富的素材。

聂鲁达首先是个抒情诗人。早期诗作《墓地之花》《诗集》，抒发了个人的悲愤，诗集《宇宙之歌》、《故事诗和叙述诗》以及《星期五之歌》，均带有浓厚的政治色彩，表达了当时人民的思想感情。聂鲁达还是个优秀的小说家。短篇小说集《小城故事》是他的最优秀作品，包括十多个短篇，从各个方面广泛而深刻地反映了布拉格小城区的生活。

我不知道，这一年一度的万灵节，她还能来科希什公墓多少次。如今她已是步履蹒跚，身不由己。但每年的万灵节，她却依然竭诚尽力做着这一切。十一点左右，她那粗壮而笨重的身躯从一辆四轮马车里爬出来。接着，车夫先将系着白纱的墓地花圈从车后取出，然后才把一个裹得严严实实的五岁小女孩抱下车来。大概这十五年来，跟来的这个小女孩也还总归是五岁，而玛丽小姐总会到哪个邻居那儿去找来这么一个小女孩陪她。

"你瞧，孩子！这儿都是些人呀，你知道吗？这么些蜡烛、小油灯、花束！喏，去吧，别害怕，只管往前去吧，你高兴上哪儿就去哪儿，我跟着你。"

小孩怯生生地往前走，玛丽小姐紧跟在后面催着她朝前去，但并不给她指出方向。小孩就这么信步走着，直到玛丽小姐突然喊道："等一等！"她就挽着小女孩的手，把她领到不远的坟墓中间。她从支着的铁十字架上，取下那久经风吹雨打而变得干枯破烂的花圈，换上一个新的，用黑白二色纸花扎成的花圈挂在那里。随后她用腾出来的一只手，抓住十字架的支架，开始祷告——跪下对她来说太费劲了。起初，她的目光朝下，瞧着那干枯的草皮和那墓地褐色的泥土。但突然间，她把头抬起来，这时一张宽阔而漂亮的娇小姐似的脸庞显现出来，一双大而蓝且诚挚的眼睛向着远方望去。眼睛慢慢模糊起来，嘴角左右抽搐，念着祷词的嘴唇颤动得越来越厉害，变得狭窄起来，泪水盈眶，慢慢向外滚动。小女孩惊愕地朝上打量着她，但玛丽小姐什么也没看见，什么也没听见。没过一会儿，突然她好像从经过竭力挣扎中清醒过来，从心灵深处深深地长叹了一声，向孩子苦笑了一下，稍稍带点嘶哑的声音小声说道："喏，就这样，走吧，孩子，走吧！随你上哪儿去，我总跟在你后面。"

小女孩四处乱转，她也就跟着东跑西颠，直等到又走到了某个地方，她又突然喊道："等一等！"于是她就向另一座坟墓走去。在这里，她完全做着像在前一座坟墓所做的一切。我觉得她在两座坟墓前停留的时间都差不多，一分钟都不差。然后，她将第二个干枯的花圈同第一个花圈归整到一起，扯着自己小向导的手，问道："你感到冷了吧，是不是？好了，走吧，别着凉了。我们再去乘马车回家吧。你喜欢坐马车，是吗?"她们慢慢地向马车走去。先将小女孩和花圈送上车子，然后玛丽小姐十分艰难地爬了上去。车子尚未转动起来，马车刚刚发出吱嘎的声音，马就挨了两三鞭。就这样，年年岁岁总是如此。

假如我还是一位幼稚的作者，我就会在这里直接写道:"读者，你们要问这些墓是谁的吗?"然而我知道，读者一问是不发问的。作者必须将自己的恩赐硬塞给他们。但这里却有其困难之处。玛丽小姐是位不易接近的人，她对自己私生活方面的事儿守口如瓶，平生从来不去强迫任何人接受自己的观点，甚至对自己的近邻也是一样。她从小就这样行事。如今她只有一个女朋友，这位名叫露伊丝的女友，早些时候可说是位漂亮的小姐，然而现在却变成了一个干瘪的寡妇。她丈夫诺查尔先生原是财政部长的总监。今天下午她们两个将会一块儿坐在诺查尔太太的屋子里的。但玛丽小姐自动到伏拉希街去看女朋友，这样的事是少有的。她很少从圣约翰坡下自己那套一层楼的住宅里走出来，除了星期天的凌晨到圣米古拉教堂以外，其他时间她几乎是从不出门的，因为她太臃肿肥胖，走路早已感到吃力。这样，她的女友便对她予以照顾，每天自己前来拜访。多年来结成的这种诚挚的友谊，把她俩紧紧结合在一起了。

可是今天对玛丽小姐来说，待在家里却实在是太愁闷了。她比以往任何时候都更加觉得空虚、孤寂，于是便逃到了女友家里。事情也巧得很，今天正好也是诺查尔太太的命名日。她从来也没像今天这样关注咖啡的烧法，也从来没注意过使扇蛤饼上的奶油并不凝固，而是非常松软的。今天她们的整个娱乐活动都具有一种低沉的、万灵节的调子。她们说话不多，谈什么都是那么单调，但彼此却能引起许多共鸣。未过很长时间，泪水就闪烁出光亮。她俩紧紧地依偎在一起，比以往任何时候都更加知心了。

她俩靠在沙发上谈了很久。最后，谈话的落脚点还是归结到一年一度的万灵节。

"你说说看，"诺查尔太太说，"上帝给我俩几乎是同一个命运。我曾有个诚挚而善良的丈夫，只相处了两年他就永远离我而去了，连个使我稍加慰藉的孩子都没给我留下。从此我就孤独一人——我不知道哪一种情况更坏些：是根本不与他相识，还是相识后失去他？"

"喏，你知道我总是听天由命的，"玛丽小姐马上十分庄重地接着说，"我早就知道了自己的命运。我做过一个梦。当我还是二十岁的时候，我做过一个梦，梦见自己参加了一次舞会。你知道，我一生从未参加过舞会。我们在音乐的伴奏声中漫步。在光辉闪闪的灯光下，一双双一对对的情人翩翩起舞。说也奇怪，舞厅宛如一块广阔的空地，高高地架在屋顶下面。突然，前面的几对开始沿着楼梯往下走，我和一个面孔已经记不清是个什么模样的舞伴走在最后。当时只剩下我们几个在上面了。这时，我扭头一看，看到了死神正走在我们的后面。它身穿绿色金丝绒大氅，帽子上插着白色羽毛，手持利器。我加快了脚步，我们都想尽快地下去。所有的人都已经不见了，我的舞伴也消失了。突然死神抓住了我的手，把我带走了。后来，我久久地生活在一座殿堂里，死神就好比我的丈夫，它待我极好，爱我，而我却厌恶它。在我们周围是一片豪华：全是水晶玻璃、黄金和天鹅绒，但我却一点也不喜欢。我总渴望回到人间，而我们的使者——这又是另一个死神——却经常转告我人世间的种种事情。我想返回人间的这一愿望一直苦恼着我的丈夫，我看出了这一点，因此我也怜惜它。从此我也就明白了，我这一辈子是不会嫁人了，我的未婚夫就是死亡。喏，你说说看，露伊丝，梦难道不是从上帝手里来的吗？这两个死神难道不是要把我的生命同另一个人的生命分开吗？"

尽管这个梦已经听了不知多少遍了，但诺查尔太太听后仍然落下了热泪。而当女友的泪滴注入玛丽小姐痛楚的心田时，则宛如滋润爽滑的香膏。

说真的，也真够奇怪的，玛丽小姐果真没出嫁。她很早就孤寂无依，自食其力，她是圣约翰坡下蛮不错的两层楼房的房产主。至今还看得出，她长得并不难看。她像有些女子一样，个子高高的，一双蓝色的眼睛也真美，她的脸虽然稍稍宽了点，却长得很端庄，看起来叫人舒畅。美中不足的是，在最初发育时，身材就显得略微粗壮了一些，因而有"胖玛丽"之称。由于肥胖，她也就不怎么好动，甚至都不同别的孩子们嬉戏。后来，她竟哪儿也不去社交，每天仅仅出门一次，那就是到玛丽亚城墙底下作短时间的散步。很难说就没有某个"小城区的人"没想过这样的问题："玛丽小姐究竟为何不嫁人？"小城区的人们全都以不同的角色归类，在这里，玛丽小姐的角色是老处女，谁也不认为会是另一个样子。不过，有一些妇女无意间却以通常的妇人之见来对玛丽小姐提出这个问题，拿这个题目去刺一刺她。这时候，玛丽小姐便心平气和地笑一笑，回答道："我想一个未婚的人，也同样能够侍奉上帝的。我说得不对吗？"当谁用这个问题问诺查尔太太时，她就耸耸她那尖瘦的肩膀，并且说道："不愿嫁呗！其实她有好几次机会可以嫁给蛮不错的人，这是千真万确的。我就知道有两个人——两个挺体面的人，可她就是不想出嫁嘛！"

可是我，小城区的目击者，却知道这两个家伙都是浪荡儿，一钱不值！人们不止一次，专门谈论过商人茨布尔卡和雕刻匠雷赫奈尔。不管在哪儿谈论这两个人，人们总称他们为"二流子"，我没说他们是犯罪分子，可能还不到这个程度，但他们是极不体面的人，吊儿郎当，到处游逛，毫无理性。星期三以前，雷赫奈尔根本还没开始工作，而到星期六下午，他就不工作了。他能赚大钱，也很能干，正如我母亲的同乡——赫尔曼录事先生所坚持认为的那样。但是他对工作却感到乏味！而茨布尔卡商人则多半待在坡下；设在拱廊过道的那个酒馆里，而不常在自己的铺子里，他常常睡到日头高照，站在柜台后面时，总是睡眼惺忪，嘟嘟哝哝的。据说他会法文，而对做买卖兴趣不大，他又是个光棍，想做什么就做什么。

他俩差不多老聚在一起，如果那较为高尚的火星偶尔在谁的心灵中闪烁的话，那么另一个人一定立即将它熄灭。别人如果想去接近他们一下的话，则不难发现，他俩都不是令人愉快的伙伴。小个子雷赫奈尔，在他那胡子刮得光光、颧骨凸出的脸庞上，总是带着一种轻浮的微笑，跟阳光下的田野所显露出来的姿容颇为相似。那长长的栗色头发朝后梳着，高高的前额总是那么油光明亮，而那两片薄薄的苍白的嘴唇周围，永远挂着一丝含有嘲讽意味的微笑，身着他所喜爱的黄色衣服的干瘪身子还总是不停地扭动，肩膀也不断地耸一耸。

　　雷赫奈尔的朋友茨布尔卡总穿着黑色衣服，他比雷赫奈尔安静得多，但这也仅仅是一种表象。他像雷赫奈尔一样干瘪，个子比他略高些。小小的颅骨在低窄的长方形的前额上显得非常突出，两道浓黑的眉毛镶嵌在稍许突出的眉骨上，遮住了那双闪闪发光的眼睛。乌黑的披散的头发盖上了太阳穴，犹如金丝绒般柔软。细长的黑胡须，长在像利刀切开的嘴唇上边。当茨布尔卡咧嘴嬉笑时，在黑胡须的衬托下，两排牙齿显得分外洁白。在茨布尔卡的满脸凶相中间多少还夹带着一点善良的神色。茨布尔卡一般能控制住自己不笑出声来，当无法克制时，他就猝然大笑起来，但立刻又装得很平静的样子。他们彼此很熟悉，眼睛只需那么一眨，便马上心领神会、一清二楚。但是，如果有谁坐在他们旁边，就会听到他们那些粗鲁不堪的俏皮话，这些话实在是叫老实正派的左邻右舍难以入耳。他们听不懂，觉得这两个人说的话都是对圣灵的亵渎。茨布尔卡和雷赫奈尔又都对定居在小城区的人们不感兴趣。一到傍晚，他们总是喜欢走得远远的，老城区的馆子那儿总是百去不厌的。他俩一块逛荡全城，甚至僻静的弗朗基塞克小酒店也习惯于他俩隔日来访，深更半夜，当那愉快的笑声响彻小城区街道上的时候，不用问就知道，那准是雷赫奈尔和茨布尔卡正往家转。

　　他俩同玛丽小姐差不多一般大。他们曾经和她同在米古拉教区小学上过学。之后，他们并不关注她，而她也不曾注意他们。即使偶尔在街上相遇，彼此也很冷淡，就连那种漫不经心的寒暄话也是不常有的。

　　突然发生了一件事，玛丽小姐收到了一封由传递人交来的信。信写得十分工整，几乎是用楷体写的。她读完信，双手软绵绵地垂了下来，信纸也从手中掉落到地上了。信中写道：

非常尊敬的小姐！

您定会感到惊奇，我，正是我给您写信。使您更觉得吃惊的是信的内容吧。我一向没有勇气接近您，然而（恕我直说吧）我爱您！很久以来我就爱恋着您。我考虑过，我感到，只有您才能使我幸福。

玛丽小姐！也许您会感到惊奇。并且会拒绝我。也许您听到过有关我的各种流言蜚语，因而对我不屑一顾。我除了请求您，别无他法。请您不要惊奇，并在做出决定之前，再加三思。我可以断言，您将会发现我是一位竭尽全力关心您幸福的丈夫。

我再说一遍，请您三思。不迟不早，从今日起四个星期以后，我等待您的决定。

就此搁笔。请您原谅！

以十分激动的心情想念您。

您忠实的

维廉·茨布尔卡

玛丽小姐的头在眩晕。她大概已经有三十岁了，却没料到，突然有人头一回来向她求爱。真正的头一回。她自己从未想过，也没有谁同她谈起过爱情的事。

灼热火红的闪电在她脑海里发出轰鸣，太阳穴突突直跳，胸中发闷，呼吸急促。她无法抓住某个确定的思想，在这些火红的闪电中，偶尔站在她面前的唯有那个人物——忧郁地望着她的茨布尔卡。

她到底还是拾起了信纸，重新又颤抖地读起来。他写得多美多温存啊！

她无力自拔，只好将信带到自己的女友诺查洛娃寡妇家。她一声不响地将信递给了她。

"你瞧。"诺查尔太太稍稍定了定神说。她的脸上露出一种明显的惊奇的神情，"你打算怎么办？"

"我不知道，露伊丝。"

"喏，反正你还有足够的时间来考虑。事情总是可能的，不过，请原谅，你要知道，有一些男人，他们讨老婆是为了钱财。话又说回来，他为什么不可能真正爱你呢？这样吧，我去好好打听一下。"

玛丽小姐沉默不语。

"嘿，我告诉你，茨布尔卡长得可帅啦！他的眼睛像木炭，胡须黑黑的，那牙齿嘛——我告诉你，那牙齿可洁白啦。他的确很漂亮！"诺查尔太太俯向不言语的女友，深情地将她拥抱。

玛丽小姐的脸蛋红得像朱砂。

过了整整一个星期，玛丽小姐从教堂回来，又发现了另一封信。这次她更加惊奇地读着它：

尊敬的小姐！

请不要把我敢冒昧地给您写信这件事看得太坏。是这样的，我决定结婚，我需要一位品行端正的家庭主妇来为我操持家务，而我的熟人不多，也是因为我的职业不允许我有更多的时间去交际。我左思右想，越发觉得，您倒可能成为我绝好的妻子。请不要把我看作坏人，我是一个好人，嫁给我准没错。我自有一套办法，并且我会工作，靠上帝的帮助，我们样样都会有的。我才三十一岁，您认识我，我也熟悉您。我知道，您是很有钱的，这一点不仅毫无害处，反倒是好事。我还必须啰唆几句，我的家务如无一位主妇前来操持，那是不行的啊！我又不能老等，所以我请求您，劳驾，请您在十四天之内，把您的决定告诉我。若是不成，我就只能到别处去物色了。我不是一个空想家，也不会舞文弄墨，但我懂得爱谁。我等您到第十四天。

您忠实而谦恭的

雕刻匠扬·雷赫奈尔

"真是一个质朴的人，写得那么诚挚，"诺查尔太太那天下午说，"这你就得选择了，喏，玛琳卡¹，你打算怎么办？"

"我怎么办呢？"玛丽小姐又好像在梦中发问。

"你更喜欢其中哪一个？你老实说，其中有一个令你喜欢吗？哪一个呢？"

"维廉。"玛丽小姐满脸涨得通红，轻声回答。

茨布尔卡就是那个"维廉"，那么雷赫奈尔就落选了。于是她们便决定给雷赫奈尔写回信，先由比较有经验的诺查尔太太起草，然后再由玛丽小姐誊抄。

没过多久，还不到一个星期吧，玛丽小姐手里又捏着一封信满脸光辉地来到女友家。信上说：

尊敬的小姐！

　　这样说来，就请您原谅我好啦。这也好，这事情不能怪罪我。假如我早知道我亲爱的朋友茨布尔卡已向您求过婚的话，我压根就不会提出的，他一点也没同我谈起这事，我根本就不知道，我已经把一切经过向他和盘托出了，我自愿让给他，因为他爱您。不过我请求您可别嘲笑我，因为这毕竟不光彩，再说我还需要在别处考虑自己的幸福。这总有点遗憾，但无损于事，请忘掉我吧！

您忠实而谦恭的

雕刻匠扬·雷赫奈尔

"现在你就不必为难了。"诺查尔太太说。

"谢天谢地！"玛丽小姐独自一人留下，而今天的孤独处境却使她心里美滋滋的，她的思想紧紧钩住了未来，这未来是那样的诱惑人，她不厌其烦地想了又想。渐渐地，每一个想法都变得越来越鲜明，它们连成一个整体，成为一幅美丽的生活图画。

可是，第二天诺查尔太太看到的却是一个罹病的玛丽小姐。她躺在沙发上，

_____

1　玛丽的爱称。

脸色苍白，两眼无神，并且因为流泪过多而变得又红又肿。

吃惊的女友刚要问她，玛丽小姐的眼泪就又扑簌簌地滚了下来。她默默地指了指桌子。桌上又摆着一封信。

诺查尔太太预感到发生了某种可怕的事情。信写得的确十分严重。

非常尊敬的小姐！

我竟如此的不幸啊！梦幻破灭了。我的手紧贴着前额，我的头像撕裂一般疼。

然而，不！我不愿意走那条路，那条我最好的、唯一的朋友用破灭了的希望铺砌起来的路！可怜的朋友，像我自己一样可怜的朋友啊！

显然您还未做出决定，然而还能有怎样的决定呢？我不可能生活得幸福，不能眼看自己的叶尼克[1]生活在失望中。即使您果真将注满快乐的生活之杯递给我，我也不能接受啊！

我是决定放弃一切了。

我只有一个请求：请不要至少不要以嘲笑的心情来回忆我。

您忠实的

维廉·茨布尔卡

"这简直可笑。"诺查尔太太放声大笑。

玛丽小姐以探询和惊异的目光打量着她。

"喏，是的！"诺查尔太太沉思了一下说，"都是高尚的人，两个都高尚，这看得出来。然而你毕竟不了解这些男人啊，玛琳卡！这种高贵的品质是坚持不了多久的，他们会突然抛掉男人的一切尊严，只去考虑自己。别着急，玛丽，他们会做出决定的！看来雷赫奈尔很实际，而茨布尔卡看得出，他热烈地爱着你。茨布尔卡一定会来的！"

1　扬的爱称。

玛丽小姐的眼睛里突然闪烁出梦幻似的光芒。她相信女友的话，而这位女友也十分自信。她俩都很正派老实，心眼好，对这事没一丁点怀疑。如果说这是在开一场庸俗无聊的玩笑，那她们一定会被这种思想吓呆的。

"你就等着吧！他会来的，他会做出决定的！"分手时诺查尔太太再次肯定地说。

玛丽小姐就这样等着，早先的那些思想又重新在脑海里展现。但是，丝毫没有以往那种幸福之感。真的，现在她的脑子里蒙上了一层哀愁的阴云。但是，玛丽小姐反倒感到分外亲切，尽管它们是悲伤的。

玛丽小姐就这样等啊等啊，时光一月一月地流逝了。这期间，当她沿着小城的围墙独自散步的时候，也曾遇到过两位仍旧拴在一起的朋友。过去，当这两位朋友一开始就冷漠地对待她的时候，这种相遇可能根本就不会引起她的注意，可是现在她倒经常感觉到这种相遇了。"他们在包抄你，喏，你总应该看得出来才是！"诺查尔太太点出了这一点。最初当她碰见他们时，眼睛总是低垂下来，后来她终于鼓起勇气看了看他们。他俩分别从她的左右两侧走过，各自都非常有礼貌地向她问好，然后好像很忧郁地垂下双眸。他们可曾注意到小姐那双大大的眼睛里有时流露出来的天真的疑问的神情？但我知道，她可没注意到他俩是怎样小心地咬嘴唇。

一年过去了，其间诺查尔太太带来过一些奇怪的传闻，而且十分难为情地转述给玛丽小姐。她说他俩道德败坏，说他俩是"二流子"，还说所有的人都讲他俩准没有好下场。

每当传来这样的消息，玛丽小姐便不寒而栗。难道她也有罪？女友不知如何是好，女人的羞怯拖住了玛丽小姐，使她自个儿难于迈出决定性的一步。她总觉得自己好像是犯了罪似的。

又过了令人难熬的第二年，他们埋葬了雷赫奈尔。他死于肺痨。玛丽小姐悲痛万分。这位讲求实际的雷赫奈尔（诺查尔太太总这么说）真被折磨死了吗？

诺查尔太太长叹了一声，而后说道："这回你就好决定了！不过目前茨布尔卡还得耽搁一段时间，以后他会来的。"她吻了吻玛丽小姐那颤抖着的额头。

茨布尔卡并没耽搁太久。四个月后他也躺进了科希什公墓，肺炎夺去了他的生命。

到如今，他俩已经在那里躺了十六个年头。

每逢过万灵节，究竟应该先去两个坟墓中的哪一个？今世说什么也不能使玛丽小姐自个儿对此事做出决定，这个必须由天真烂漫的五岁的小姑娘来决定。只要小孩一蹦一跳地先走到哪个坟墓，玛丽小姐就把第一个花圈摆在那里。

除了茨布尔卡和雷赫奈尔的墓地外，玛丽小姐还永久地买下了第三个墓地。人们认为，玛丽小姐有购买与她毫不相干的一些人的墓地的狂癖。这第三个墓地里躺着玛伊达伦娜·托普费尔太太。喏，是真的，托普费尔太太是个聪慧的女人，许多人都谈论她。商人维尔什下葬的时候，托普费尔太太看见卖蜂蜡的赫尔特太太从邻近的墓穴上跨越过去，她马上就预言，说这个卖蜂蜡的女人要生一个死孩子，后来果然应验了。有一次托普费尔太太来到邻近一个织手套的女人家里，见那个女人在削胡萝卜皮，便又预言说，她将生一个满脸雀斑的孩子。后来这个女人生下的女儿玛琳娜，头发像块砖，脸上恰好长满了可怕的雀斑。托普费洛娃真是一位智慧的女人，可是……

可是正如我们前面提及的，玛丽小姐与这位太太毫不相干。然而，托普费尔太太的坟墓恰好位于茨布尔卡和雷赫奈尔坟墓之间。如果我还赘述，为什么玛丽小姐要把这块墓地买下来，以及她有朝一日将在那儿安息的话，我就未免要冒犯读者敏慧的洞察力了。

鉴评：抒情又诗意的痴情与单恋

在人类的"爱情"观念里，热爱往往与痴情联系在一起，爱得发痴，几乎就等于是至情至感，人们对此一般都有一种同情之心。在外国文学中对"痴"是否有过明确的解释，一时我还说不清，在中国文学中，倒是有一段奇文，那是在《红楼梦》第二回贾雨村的一段议论里，按照这段议论，"情痴情种"，属于"千万人之上"的"聪俊灵秀之气"，不过它有"其乖僻邪谬不近人情之态"，至于它的本质，则是"清明灵秀，天地之正气"与"残忍乖邪，天地之邪气""两不相下""既不能消，又不能让"的结果。把人性视为正与邪、天使与魔鬼两方面因素的混合，这是中国文学与外国文学共有的一个传统的理解，对人性既有肯定也有否定。贾雨村这段话并没有超出这一基本理解，似乎还是中立客观的，不过，贾雨村这段议论中，列举了一系列这种具有"乖僻邪谬不近人情之态"的"聪俊灵秀之气"的具体表现。原来，照他看来，陶潜、阮籍、嵇康、秦少游、唐伯虎这些不流凡俗的文人学士都是这种人物，卓文君、红拂、崔莺莺这些反礼教、争取个性的爱情自由的女子也都归于此类。这与其说是贾雨村的高见，不如说是曹雪芹所做的分类，当然，他在《红楼梦》里所写的那个"情痴情种"贾宝玉也是属于这一行列。由此可见，"情痴情种"完全是作者肯定赞赏的人物，他们的"乖僻邪谬不近人情之态"，只不过是不符合正人君子的道德规范，多少有些离经叛道；是感情用事，不计较现实的利害；是忠于自己的个性，不事矫饰伪装；是本性天真善良，不善于筹划计算。

不管外国文学中是否有像曹雪芹这样明确地对"痴情"的阐释，但不少外国作家在自己的作品中表现了这个主题，却是文学史上一个明显的事实。

文学中的"痴情"故事，就题材和内容来说，不妨可以说有两类。一类是写男女两方的痴情，这种故事在阶级社会里，一般都是以悲剧而告终的。因为，阶级社会中的爱情婚姻一般来说都是阶级的结合，利益的结合，如果只是从情感出发，而且是情感至上以至于脱离了阶级、社会的规范，总要与社会习俗、道德羁绊格格不入，发生矛盾，为社会所不容。另一类是写一方对另一方的痴情，这当然更是悲剧，因为，痴情者的对立面，不仅可能有社会习俗、道德观念，而且，还肯定有一个对这种痴情或不理解，或不接受，或冷漠无所感觉，或轻侮加以玩弄的负情者，唯其如此，这种故事一般都格外惨。这一类痴情的故事还有一个值得注意的特点，那就是其中的痴情者往往多是妇女而较少是男人。且让我们举个例子。

莫泊桑的短篇《修理椅子靠垫的女人》。主人公是一个到处流浪靠修理椅子靠垫为生的妇女，她穷苦褴褛得几乎就像叫花子，所不同的只是她自食其力而不是靠乞讨度日。她从少女时代就爱上了一个资产阶级家庭的子弟，每次，她只有把自己的积蓄通通给了他，才能获得他的默许，可以向他表示温存和拥抱他。她的积蓄是多么来之不易！有的部分是靠别人的施舍一个子儿一个子儿地长期攒下来的，有的部分是她从父母操劳的代价中一个子儿一个子儿地刮下来的，有的部分则是她自己辛苦劳动的所得，她从赤贫中省吃俭用，有时还要挨饿，只是为了把零钱攒下来，一年一度经过那个镇子的时候，用它们来换取可以向她爱慕的对象小叔皆表示温存的权利。当小叔皆还是一个少年的时候，他们还可以玩这种虽然不平等但多少还有点稚气的游戏，一到小叔皆成了一个体面的中学生，他们两人之间就开始出现了鸿沟，而在小叔皆结了婚成为药铺掌柜之后，他们两人就无异于生活在两个星球上。于是，这个痴情的妇女，就像仰望着星星一样，在自己的流浪和辛劳的生活中远远地注视着自己爱慕的对象，一直到死，这种感情竟持续了五十五年之久，"其间没有一天间断过"。最后，她把一生辛苦劳作的积蓄二千二百多个法郎通通送给了这个药店老板，只求他"至少会有一次对她有所思念"。在这篇小说里，莫泊桑的确把这个低贱、贫苦的劳动妇女的爱情故事写得非常感人，或更确切地说，他是以这个妇女身上那种极为纯真的、极为可贵的感情来打动读者的。这个妇女与小叔皆之间，并没有发生相爱的事，而只是她这方面的单恋，作者偏偏就是要写她的单恋，她的痴情，写她那种纯朴的深邃的温厚的真挚的爱。正因为她这种爱是在长期艰难困苦的生活中坚持下来的，是付出了她最大的代价的，所以，它在作家的笔下，就成了一种人世间罕见的伟大的感情，虽然，她所爱慕的只不过是一个冷酷的资产阶级混蛋。

　　捷克作家聂鲁达的《今年万灵节的花絮》显然属于《修理椅子靠垫的女人》这一类作品，属于写痴情单恋，而且是写妇女的痴情单恋的这一类作品。它的女主人公玛丽小姐虽然不像莫泊桑那篇作品的主人公一样是出身于社会下层的劳动妇女，但也是小资产阶级的一个善良的小人物，她虽然不像那个修理椅子靠垫的女人那样老实憨厚，悲惨可怜，但很安分守己，其身世也颇值得同情。她与莫泊桑笔下的那个妇女相同之处是具有"爱的性格"，心中充满了爱，并渴望着爱情，在这一方面她也就不免天真而轻信，因而，很容易遭遇到不幸的事情。如果说，莫泊桑的女主人公只是爱上了一个自私自利、冷酷无情的资产者的话，聂鲁达的女主人公则是碰见了两个恶劣透顶的流氓无赖。我们很难说谁的遭遇更坏，只是有一点区别，莫泊桑的女主人公是从自己这方面爱着，而聂鲁达的女主人公是被人恶作剧地玩弄了一场，这个骗局始终未被揭破，她竟在这骗局里过了十几年，一直生活在幻想里。在这一点上，她那种痴情的结果似乎比那个修理椅子靠垫的女人更惨，那个劳动妇女悲剧性的恋爱中还透露出一种人格纯净的崇高，而这个小资产阶级妇女的轻信和被愚弄，则多少带有一点喜剧的色彩。不过，两个作者所肯定和赞赏的，都是各自的主人公那种深厚的真挚的爱情，他们所要表现的，都是恋爱着的妇女感情的纯朴、天真和持久。

痴情妇女的爱白白被浪费、白白被玩弄甚至白白被糟蹋的主题，在传统文学中的反复出现，当然与妇女在阶级社会中的不幸的命运是分不开的，它正是这一阶级社会现实的反映，是阶级社会中人与人关系的一个侧面，这样的主题无疑具有积极的思想意义，在这种作品中，明显的社会批判性是经常可见的。聂鲁达的这个短篇，在着力描写女主人公感情的真挚和性格的天真时，又以一种巨大的忍心不怕使这样一个善良的女性难堪、出丑，毫不回避地去写她如何生活在自己的幻想里，这样一种冷静的、严酷的现实主义的态度，不是由于对玛丽缺乏同情，而完全是为了表现出现实生活的冷酷、人世间的诡诈。

聂鲁达在世界文学中的地位与重要性，当然不能与莫泊桑相比，他的短篇在艺术性上与这位大师的作品一比，也是相形见绌，不过，他与这位大师一样，也以相似的方式处理了痴情的主题，这又说明了他具有与这位大师略同的慧眼之识，说明了他也像莫泊桑一样善于从一个有意义的角度去观察生活和发掘其中的意义。这构成了这个短篇的主要价值。聂鲁达主要是一个诗人，而不是一个小说家，他在文学史上的地位是靠他的抒情诗来奠定的。这篇小说选自他的短篇小说集《小城故事》，它带有风俗画的某种轻淡的性质，而其叙述，有时又流露出作者的抒情，因而多少又有一点诗意。

月光

[法国] 莫泊桑
柳鸣九 译

作者简介

　　莫泊桑（1850—1893），法国杰出的小说家。生于没落贵族的家庭，普法战争时曾被征入伍，以后在海军部、教育部任小职员。他很早开始写作，在 70 年代习作阶段，直接受到著名小说家福楼拜的指导，1880 年他的中篇小说《羊脂球》发表，使他蜚声文坛。他的全部创作包括近三百篇短篇小说、六部长篇小说、三部游记以及一些评论文章。他的作品对 19 世纪下半叶的法国社会现实有无情的揭露，但他受了自然主义创作论的影响，因而，他对现实的揭露往往又流于客观主义的态度。他以短篇取胜，是短篇小说大师，在世界文学中占有举足轻重的地位。

　　马里尼昂[1]长老的这个名字，威武壮烈，富有战斗性。人如其名，他个头高大，骨骼嶙峋，有狂热的精神，心气总是昂扬激奋，为人行事则刚毅正直。他的

　　1　意大利城市，1515 年、1859 年，法国军队都曾在这里大败瑞士人、奥地利人。

信仰坚定执着，从没有发生过任何动摇。他由衷地认为自己很了解他的天主，知悉天主的打算、意志与目的。

当他迈着大步在他那小小的乡间本堂神父宅院的小径上散步的时候，脑子里会经常冒出这样一个问题："为什么天主要这样做？"于是，他设身处地替天主考虑，殚精竭虑地去找寻答案，几乎每次他都能找得到。他决不会怀着一种虔诚的谦卑感喃喃低语："主啊，您的旨意深不可测。"他总是这么想："我是主的仆人，应该知道他做每一件事的道理，如果不知道，那就应该把它猜出来。"

在他看来，世上的万物，都是按照绝对合理、极其神奇的法则创造出来的，有多少个"为什么"，就有多少个"因为"，两方面完全对称平衡。创造晨曦是为了使人类苏醒、生机蓬勃，创造白天是为了使庄稼成熟，创造雨水是为了灌溉庄稼，创造黄昏是为了酝酿睡意，创造夜晚是为了入睡安眠。

四时节令完全与农事的需要相应相和，这位神父从不认为大自然中没有冥冥天意，也从不认为世上有生命的万物，无须适应时节、气候与物质的严峻必然性。

但他憎恶女人，不自觉地憎恶女人，本能地蔑视她们。他经常重复耶稣基督的这句话："女人，你我之间有何共同之处？"而且，他还要加上一句："天主本人，也对女人这个造物深感不满。"在他看来，女人正如有的诗人所说，是那个十二倍不纯洁的孩子。她是勾引了第一个男人亚当的诱惑者，而且，一直在继续干这种引人下地狱的勾当，她是软弱、危险，具有不可思议的蛊惑力的生灵。他仇恨她们招人堕落的肉体，他更仇恨她们多情的心灵。

他常常感觉到，她们的柔情也冲着他来，虽然他自认为是刀枪不入的，但对这种在她们身上颤动着的爱之需求，他甚为恼火。

在他看来，天主把女人创造出来，仅仅是为了勾引男人、考验男人。跟女人接近的时候，就该小心谨慎，多加戒备，提防落入陷阱。实际上，女人朝男人张开玉臂、微启朱唇之际，岂不就是一个陷阱？

他对修女们尚能宽容，她们立过誓，许过愿，这使她们不至于危害男人。但即使是对她们，他的态度也甚为严厉，因为他感觉到，在她们那些被禁锢的心、被压抑得抬不起头来的心之深处，仍然存在着那种永具活力的柔情，这柔情甚至也向他流露，尽管他是位神父。

这种柔情，他能从她们比男修士更虔诚的湿润的眼光里感觉得到，能从她们混杂着性感的恍惚神情中感觉得到，能从她们对耶稣基督爱之冲动中感觉得到，这种爱常常使他恼怒，因为这是女人的爱，肉体的爱。甚至，他还能从她们驯良的态度中，从她们说话时温柔的声音中，从她们低垂的眼睛中，从她们遭他严厉训斥时委屈的眼泪中，感觉得到那该死的柔情。

因此，每当他从修道院里出来的时候，他总要抖一抖自己的道袍，然后迈开大步急忙离去，就像要赶快避开某种危险似的。

他有一个外甥女，跟她母亲住在附近的一所小房子里。他一直在使劲让她去当修女。

她长得很漂亮，缺心眼，爱嘲弄人。当长老说教、训人时，她就咯咯发笑；当他冲她生气时，她就使劲吻他，把他搂在自己的心口上，这时，他本能地竭力要从这搂抱中脱身出来，但她的搂抱却使他体验到一种美妙的喜悦，在他身上唤起了一种父性的温情，这种温情在所有男人内心里往往是沉睡未醒的。

他常常在田野的路上，和她并排行走的时候，向她谈论天主，谈论他的天主。她心不在焉，几乎全没有听进去。她望着天空，看着花草，眼睛里洋溢着一种生之欢快的光辉。有时候，她扑过去抓一只飞虫，一抓到就喊道："舅舅，你瞧，它多么漂亮，我真想吻它。"她这种想要"吻飞虫"或者吻丁香花的念头，使神父深感不安，甚至颇为恼怒，他从这里又发现了在女人内心中根深蒂固、难以铲除的那种柔情。

圣器管理人的老婆是替马里尼昂长老干家务活的，一天，她转弯抹角地告诉长老，他的外甥女有一个相好的。

他一下就愤怒到了极点，站在那里连气都透不过来，满脸都是肥皂泡沫，因为当时他正在刮胡子。

当他定下神又能说话之后，就高声嚷了起来："没有的事！你撒谎，梅拉尼！"

但是，那个乡下女人却把手搁在心口上，说："我要是撒了谎，让天主惩罚我，神父先生。我告诉您吧，每天晚上，您姐姐一睡下，您外甥女就出去。他们在河边见面。您只要在十点到十二点之间去看看就行了。"

他顾不上刮下巴了，开始急速地踏着重步走来走去，就像平时他考虑严重问题时那样。当他又开始刮脸的时候，从鼻子到耳朵竟一连刮破了三刀。

整个这一天，他一声不吭，满腔恼怒，义愤填膺。作为神父，他在这种本性难移的爱欲面前感到恼火；作为道义上的父亲、监护人与灵魂导师，他因自己被一个女孩欺骗、隐瞒、愚弄而更加愤怒，就像有些父母因为女儿既未通知他们也未征求他们的同意就宣布嫁了一个丈夫那样气急败坏。

晚饭后，他试着读一点书，但他办不到。他的火气愈来愈大，十点钟一敲响，他就抄起他那根手杖，一根很可怕的橡木棍子。平时，他夜晚出诊看望病人，就是靠这根棍子走夜路。他瞧着这根粗大的木棍，脸上露出了微笑，他用自己那乡下人强有力的手腕抡了几圈，气势汹汹，凌厉逼人。猛然，他把棍举起，咬牙切齿，朝一把椅子劈去，椅背就立刻裂开倒在地板上。

他开门出去，但在门口停了下来，他不胜惊奇，眼前一片皎洁的月光，是他从来没有见过的那般美。

正因为他生来具有敏感热烈、昂扬激奋的心灵，而基督教早期教会那些圣师，也就是那些爱沉思梦想的诗人所具有的，也正是这种心灵，所以，这一片白蒙蒙夜色的崇高而宁静的美，一下就深深打动了他，使得他心荡神驰。

在他那个小花园里，一切都沐浴在月色的柔光之中，排列成行的果树，将它们新披上的嫩绿枝条投影在小径上；攀附在他家墙壁上的大忍冬藤，散发出一阵阵清香甜美的气息，似乎在温和清丽的夜里，有一个芳菲馥馥的精灵在飘忽。

他开始深深地呼吸，大口大口地吸气，如同醉汉尽情狂欢，这样，他就放慢了脚步。当此良宵美景，他心醉神迷，赞叹不已，一时竟把外甥女的事抛到了脑后。

他一到田野上，就停下步来，举目朝平原望去，但见大地沉浸在温柔的月光之中，淹没在宁静之夜情意绵绵的魅力里。青蛙一刻不停地将它们短促而铿锵的鼓噪声投向夜空；远处，夜莺在不断地歌唱，引人入梦而扰人思索，那轻柔颤抖的歌声是专为爱情而发的，更增添了月光撩人的魅力。

长老又开始向前走。不知为什么，他感到心里发虚。他觉得突然有些气馁，全身的力气顿时消失。他只想坐下来，待在那里，从眼前天主所创造的这一片景物中去思索、去赞美天主。

那边，沿着曲折的小河，有一大排杨树蜿蜒而行。在陡峭河岸的周围与上空，笼罩着一片薄薄的水汽，一片白色的轻雾，经月光一照射，就像镀上了一层银辉，闪闪发亮。轻雾裹着弯弯曲曲的河道，好像一层轻盈而透明的棉絮。

长老又一次停下步来，他觉得心灵深处所受到的感动，越来越强烈，再也难以自持。

但是，有一个怀疑、有一种说不清的焦虑从他心底油然而生。过去他向自己提出过很多问题，现在，他感其中的一个又开始困扰他了。

天主为什么要创造出眼前的良宵美景？既然夜晚是为了睡眠，为了无思无虑，为了松弛休息，为了浑然忘忧，那么，为什么要使得它比白天更富有诱惑力？比清晨、比黄昏更美好动人？为什么这个徐缓移行、清澈迷人的星体要比太阳更富有诗意？为什么它是那么端庄蕴藉，似乎生来就是为了映照世上那些太神秘、太微妙而不宜于光天化日照射的事物，为什么它还得以将黑暗也映照得如此通体透明？

为什么善于歌唱的鸟类中歌唱得最美妙的鸟儿，偏偏不像同类那样在夜里安睡，而是在撩人的月影中欢唱？

为什么给大地蒙上这层半透明的轻纱？为什么心儿这么颤动？灵魂这么充满激情？肉体这么疲乏？

既然人们已经在床上入眠，看不见这一切，为什么还要展示这迷人的美景？如此绝妙的夜色，如此从天而降的诗情画意，这一切究竟是为谁而安排的呢？

对此，长老实在难以理解。

但是，你瞧，在那边，草地的尽头，银色的轻雾笼罩着树枝交错所构成的拱穹，突然从那下面出现了两个人影，他们肩并肩地在散步。

那男的个子较高，他搂着女伴的脖子，不时去吻吻她的前额。那静止的夜景包容着他们，就像是专为他们而设的画面，他们的出现立刻使这夜景充满了生气。他们两个人，看上去像是浑然一体，这寂静安宁的夜，就是专为他们而设的。他们朝长老这个方位走过来，似乎就是一个活生生的答案，是他的天主对他刚才那个提问所做出的回答。

他呆立在那里，心口直跳，茫然不知所措。这时，他仿佛看到了《圣经》上的某种事情，就像路得与波阿斯[1]的相爱，已经出现在他眼前，在圣书所描述的神圣背景里，天主的意志正体现出来。他脑子里响起了《圣经》中雅歌篇的诗句，那是激情的呼声，是肉体的召唤，是燃烧着爱情的诗篇中全部炽热的诗意。

于是，他这样想："也许，天主创造这样的夜晚，就是为了给人间的爱情披上理想的面纱。"

这一对情侣互相搂着腰逐渐走过来，他则不断地向后退。那女的正是他的

1　《旧约·路得记》载，遵照上帝的意志，路得与波阿斯结为夫妇。

外甥女。但这时他所考虑的，不是他会不会违反天主的旨意。既然天主明显地用如此美好的光辉烘托爱情，难道会不允许男女相爱？

　　他向后逃走了，不仅心慌意乱，而且羞愧难当，似乎是他闯进了一所他根本无权进入的庙堂。

鉴评：月光下的爱情令他惭愧

　　莫泊桑对爱情题材，或者更确切、更广泛地说，对男女关系题材很有兴趣，甚至可以说兴趣很浓。就以他的六部长篇来说，其中就有不少这方面的描写；他的短篇小说有近三百篇之多，其中也有相当一部分是写男女关系的，比例也并不小。

　　《月光》这篇小说，既具有深刻的哲理，又充满了浓郁的诗意，它以爱情为主题，却又写得那么独特，既没有对青年人的爱情故事的叙述，也没有对恋人们情感和心理的描绘，而只有一个教士，一个清心寡欲、生活枯涩、诚心诚意信仰宗教禁欲主义的长老，在月色下的感受和心绪，然而，通篇又把人类的爱情描写得那么出色，那么动人，那么诗意盎然，以至于在世界文学作品中，我们很难找到这样美的对爱情的赞颂。

　　这是一篇反禁欲主义的杰作，"爱情"在这里正是作为禁欲主义的对立面而受到歌颂的。禁欲主义的代表——马里尼昂长老，并不是《十日谈》中那种假禁欲、真纵欲的教士，而是一个有理论体系、有固定观念、有坚定信仰的禁欲主义者，总之，他充满了主观真诚，而且是衷心地信奉。当他知道自己的外甥女有了情人而且每晚外出幽会时，他的震怒是可想而知的，于是，他拿起一根粗棍准备去打散这一对情人，然而，结果呢，大出读者所料，不是他去打散了这一对情人，而是他羞愧地在一对情人面前逃跑了。那么，是什么事件，是什么情节，是什么言辞，动摇了他那多年的根深蒂固的禁欲主义呢？在这里，既不是那一对情人采取了什么行动，也不是生活突然发生什么变化，而只是，他在那片迷人的月夜里，突然醒悟到了人类的爱情之美，认识到了人类爱情的自然合理性。

　　文学作品反对和批判禁欲主义，不外乎这样几种方式。一种是通过揭露禁欲主义者虚伪丑恶的面目来达到反对教会、反对宗教、反对禁欲主义的目的，狄德罗有部名叫《修女》的小说，就属于此类。这部小说不仅描写了教会当权派对修女种种"刻毒的虐待"，而且还揭示出宗教禁欲主义的背面就是荒淫无耻，其中有个修道院长就是一个淫邪放荡、心理变态的色情狂，另一个充当"精神导师"的神父却蓄意拐骗、奸淫修女。另一种作品是通过颂欲来反对禁欲，这类短篇在《十日谈》中为数不少，最典型的一篇就是"第二天故事第十"，这里一个年老体弱的法官总是用种种禁欲主义的戒律去管束他年轻美貌的妻子，这妇人后来落到了海盗的手里，只因为那海盗根本不讲禁欲主义的那些规矩，所以，最后这个少妇宁可留在海盗的身边过日子而不愿跟丈夫回去当太太。还有一种作品则是以人的正常本性、人的自然要求的名义去反对和批判禁欲主义，美国作家辛格的《市场街的斯宾诺莎》是比较典型的一篇。主人公菲谢尔森博士过了几十年的独身生活，眼见身体日渐衰弱，生命力似乎马上就要枯竭，但他一结婚，而且是和一个又黑又丑的老姑娘刚一结婚，他马上就感到过去身上的那些病痛全部消失，自己"好像又是个小伙子"了。这三种批判和反对禁欲主义的作品虽然各有不同，但归根结底都没有超脱出这样一个传统的理解和前提：禁欲主义是违反人的本性和自然要求的，就人性来说，"欲"是一种自然的、合理的要求。

当我们对文学中反禁欲主义的传统做了一个哪怕是很粗略的回顾后，自然就会惊叹莫泊桑在《月光》中处理这个主题时所显示的手段的高超。他不是以人正常的"欲"去批判禁欲主义，而是以人的"爱"去批判禁欲主义。应该看到，马里尼昂长老身上的禁欲主义要比上述那些修道院长、神父、法官和学者的禁欲主义顽强得多，这个人物本身就是一种信仰，就是一种主观虔诚，一种观念体系，如果不是从更高的精神境界出发，如何能调遣最有威势的力量去动摇这"正直不阿""坚定不移"的教长？在这里，莫泊桑上升到他从未有过的空灵逸净的高度，竟然既不动用富有戏剧效果的情节，也不动用势不可当的雄辩，而是动用了令人想不到的月色，去改变这位教长数十年间一直坚持着的顽固观念！

月色在人类的文学中受到歌咏何止千百次，但它被用来反对禁欲主义，似乎还是第一遭，这正是莫泊桑这个短篇构思奇妙的所在。他让这位教长在月色中感受到美、宁静、温柔和清朗，又让他从这一系列美感体验到生活的奇妙、万物的协调，而远处出现的那一对情人又和眼前这一片美的景色浑然一体，水乳交融，于是，这位教长产生了一种——请允许我用一个文艺心理学的术语——"通感"，他第一次感到了爱情原来是那么美、宁静、温柔和清朗，像那迷人的月夜一样。既然他是一个笃信宗教的教士，他自然也就第一次认定了"爱"这一美好的事物也可能是出于上帝的奇妙安排，他长期以来坚持的思想观念就这样彻底崩溃了，他竟然在月色和爱情的场景之前感到了惭愧。

这是对禁欲主义多么令人拍案叫绝的批判，这是对爱情多么富有诗意的描写。在这个短篇里，莫泊桑几乎显示出了一种诗人的气质，虽然人们往往并不把"诗意"和莫泊桑联系在一起，但正如任何人都有复杂的性格一样，一个作家在作品中当然会展示出他精神世界的不同方面，而且，只有这样，也许才是他成熟的标志。

如此一个主题，通过像《月光》这样一个构思来加以表现，无疑具有绝大的难度，何况作者给自己规定的篇幅是如此精练短小。在这里，至少有两个问题必须解决：一个是保持马里尼昂这个人物性格的完整性，既要写出他的发展变化，又要使这种发展变化合乎逻辑，令人信服；另一个是必须描绘出一幅极为出色的月光图景，而且这种描绘又必须与人物的感情水乳交融。在第一个问题上，莫泊桑处理得很细致，他一方面把教长描写为一个忠于信仰、身体力行的人物，因而，只要他得到了生活的新启示，他也就可能改变旧的观念；另一方面，他虽然着力描写了这个人物观念的褊狭、处世态度的严酷与刻板，但同时又赋予他以敏感、"古代圣哲即梦想派的诗人所具有的聪敏"的特点。如果没有音乐的耳朵，当然听不懂音乐，正因为教长具有某些诗人的敏感，他才能感受那美丽的夜景。这两个方面就构成了他转变的合理的性格基础。

　　和第一个问题比较起来，第二个问题要解决得好更不容易。首先，作品的标题就是《月光》；其次，那月景是动摇那顽固的禁欲主义的唯一的力量，作者能把月光描写得那么美、那么感动人吗？既能感动教长，又使得读者在这景色描写的面前深信教长一定会被感动吗？莫泊桑成功地做到了这一点，他的确为世界文库提供了一幅极为杰出的月景画。将来的文学史是否会证明他短篇中这一段对月光的描绘，在散文领域里将会享有贝多芬的《月光曲》在音乐领域里所享有的那种经典性的地位，我相信，这是可能的。

带阁楼的房子

[俄国] 契诃夫
汝龙 译

作者简介

　　契诃夫（1860—1904），俄国杰出的批判现实主义作家。出身于一个小商人家庭，从小熟悉庸俗虚伪的小市民生活。青年时期，就读于莫斯科大学医学系，毕业后，行医并从事写作。

　　契诃夫写了大量的短篇和中篇小说，他是世界文学中与莫泊桑媲美的短篇小说巨匠。他的小说作品，对沙皇俄国黑暗的社会现实作了深刻的揭露和讽刺，其进步倾向非常鲜明，而其风格则柔和轻淡。重要的短篇有：《变色龙》《万卡》《草原》《第六病室》《套中人》等。

一

　　这是六七年前的事了，那时候我在 T 省的一个县里，住在一个地主别洛库罗夫的田庄上；那个年轻人总是起床很早，穿一件农民的外衣，到傍晚就喝啤酒，老是跟我发牢骚，说是他从没得到过任何人的同情。他住在花园中一个小屋里；我住在地主的老宅子中一个有圆柱的大厅里，那儿没有别的家具，只有一张宽阔的长沙发，我用来睡觉，还有一张桌子，我用来摊开纸牌玩"忍耐"[1]。哪怕在没风的天气，那个亚摩司式的旧火炉里也永远发出轻微的嗡嗡声；遇到风暴，整个房子就摇颤，好像要咔嚓一声坍塌了似的；特别是在晚上，所有的十个大窗子忽然给闪电照得通亮，那才有点吓人呢。

我命中注定了经常闲散，简直一点事也不做。我往往一连好几个钟头眺望窗外的天空、飞鸟、林荫路，看邮差送来的一切邮件，还有睡觉。有时候我走出房子，各处徘徊，到深夜才回来。

一天我在回家的路上，偶然走到一座我没见过的庄园。太阳已经落下去，傍晚的阴影张开来，盖住了正在开花的稞麦。两排栽得很密、长得很高的老枞树站在那儿，跟两堵连绵不断的墙一样，中间夹出一条美丽幽暗的林荫路。我轻巧地翻过篱墙，顺这条林荫路走着。地上盖着枞针，有一俄寸厚，走起来滑脚。那儿安静而黑暗，只有高高的在树梢上的一些地方，有明晃晃的金光颤抖，在蜘蛛网里化成了虹，空中有一股树脂气味，浓得叫人透不过气来，后来我拐弯，走上一条两旁栽着菩提树的长林荫路。这儿一切也是荒凉和古老，去年的树叶在我脚底下悲伤地沙沙响；在暮色里，阴影藏在树木和树木中间。右边的老果树园里，金莺用微弱的声音勉强唱着，它大概也老了。可是后来，菩提树林到了尽头，我走过了一所带阁楼的白房子，门前有一块露台；我的眼前出乎意料地展开一个大院子、一个宽阔的池塘，池塘边上有一个浴棚、一片绿色的柳树，池塘对岸有一个村子，村子上有一个高高的、窄小的钟楼，钟楼上的十字架映着夕阳，像在燃烧。一刹那间，这景致使我感到一种亲切而很熟悉的东西的魅力，仿佛我小时候有一阵子见过

1　一种单人玩的牌戏。

这个风景似的。

　　从院子通到外面田野去的是一道石头门，那是一种旧式的、坚固的、雕着狮子的门。门口站着两个姑娘。其中一个年纪大些，身材苗条，面色苍白，很俊俏，生着一头厚密的栗色头发和一张固执的小嘴，脸上有一种严厉的神气，看也不看我；另外一个还很年轻，年纪也就十七八岁，也长得苗条苍白，生着大嘴和大眼睛，看见我走过，就惊奇地瞧我，还说了句英语，害臊了。我觉得就连两张娇美的脸也仿佛早已见过似的。我走回家去，一路上觉得自己好像做了一场好梦。

　　不久以后，一天中午，别洛库罗夫和我正在宅子附近散步，忽然出乎意料，一辆有弹簧的马车沙沙地擦过青草，滚进院子里来，车上坐着的正是那两个姑娘当中的一个。这是年纪大一点的那个，她是带着认捐簿来替遭了火灾的乡民募捐的。她讲起话来十分认真，眼睛不看着我们，详细地对我们说明西亚诺沃村有多少房子烧掉，有多少男女和小孩无家可归，赈济委员会第一步打算怎么办，她现在就是其中的一个委员。她把认捐簿递给我们，等我们签了名，就收起来，立刻向我们告辞。

　　"您已经完全忘记我们了，彼得·彼得罗维奇，"她跟别洛库罗夫握手说，"请来玩，要是 N 先生（她念出我的姓名）愿意光临寒舍看一看那些崇拜他天才的人在怎样生活，我母亲和我都会觉得很高兴。"

　　我鞠了一躬。

　　她走后，彼得·彼得罗维奇讲起来了。依他的说法，那姑娘是上流人家出身，姓名是莉季雅·沃尔恰尼诺娃，跟母亲和妹妹住在田庄上，那田庄跟池塘对岸的村子一样都叫作谢尔科夫卡。从前她父亲在莫斯科居显要的地位，去世时候做到了枢密顾问官[1]。虽然广有家财，沃尔恰尼诺夫一家人却不论冬夏总是

　　───────

　　1　帝俄时代的三等文官，品级相当高。

住在乡下，从不离开。莉季雅在自己的谢尔科夫卡村的地方学校里做教员，每个月挣二十五卢布薪水。她只花这笔钱，觉得自食其力很值得骄傲。

"那是一个有趣味的家庭，"别洛库罗夫说，"过一天到她们那儿去玩玩吧。她们一定很高兴跟您结交的。"

有一个假日，吃过午饭以后，我们想起沃尔恰尼诺夫家，就上谢尔科夫卡去看她们。她们，母亲和两个女儿，都在家。母亲叶卡捷里娜·巴甫洛芙娜，当年一定很美，现在岁数不算太大，却已经长得虚胖，害着气喘病，心境忧郁，神情恍惚；她极力找些关于绘画的话来应酬我。她先是听她女儿说起我也许会来谢尔科夫卡，就连忙回想她当初在莫斯科的画展上看见过我的两三张风景画，现在问我在那张风景画里表现什么。莉季雅，或者照她们的称呼——莉达，跟我谈话的时候少，倒是跟别洛库罗夫谈得多些。她认真，没一点笑容，质问他为什么不到地方自治会里服务，为什么这以前逢地方自治会开会他从没出席过一次。

"这样不对，彼得·彼得罗维奇，"她责备地说，"这样不对。这是可耻的。"

"这是实话，莉达，实话，"母亲赞同道，"这样不对。"

"我们这一县整个都抓在巴拉京手心里了，"莉达接着转过身来对我说，"他是地方自治会的主席，把这一县里所有的职位全分配给他的侄子和女婿了，他要怎样就怎样。应当斗争。青年们应当组成一个有力量的团体才对，可是您看，我们的青年是什么样的青年啊！这是可耻的，彼得·彼得罗维奇！"

妹妹任尼雅，在他们谈地方自治会的时候一声不响，她不参加严肃的谈话，她家里的人还没有把她当作大人看待，把她看作小孩子，叫她米修司，因为她小时候女家庭教师叫她"miss"[1]。她老是好奇地瞧着我，等到我翻看相片簿上的相片，她对我解说："这是叔叔……这是教父。"她伸出手指头指点那些相片；

1　英语：小姐。

在这时候，她跟小孩那样把她的肩膀贴着我，我这才就近看清了她那柔弱的、没发育起来的胸脯，瘦瘦的肩膀，辫子，给腰带勒紧的苗条身材。

我们打槌球，打网球，在花园里溜达，喝茶，然后在晚饭席上坐很久。在那个安着圆柱、又大又空的房间里住过以后，来到这个舒适的小房子里，看见墙上不贴彩色画片，大家对佣人讲话称呼"您"，我倒觉得仿佛不自在了。有莉达和米修司在场，我觉得样样东西都年轻而纯洁，样样东西都正派。晚饭席上，莉达又跟别洛库罗夫谈到地方自治会，谈到巴拉京，谈到学校图书馆。她是活泼、诚恳、有信仰的姑娘，听她讲话是很有趣味的，虽然她讲得太多，声音也太响——也许因为她在学校里这样讲惯了吧。另一方面，我的朋友彼得·彼得罗维奇从在大学念书时候起就养成把一切谈话变成争辩的习惯，讲起话来枯燥、没劲、冗长，分明想装成一个聪明而进步的人。他指手画脚，不料袖子带翻佐料碟，弄得桌布上现出一大摊汁水，可是除了我以外，好像别人都没看见。

我们回家的时候，天色黑暗，没风。

"好教养不是表现在不把佐料碰翻在桌布上，而是表现在别人碰翻的时候自己不去看，"别洛库罗夫叹一口气，"是的，这是很好的、有知识的一家人。我已经跟上流人断绝来往了；唉，简直断绝了！这全是因为工作，工作，工作！"

他说到人要是想做一个模范的农业经营者，就非辛苦地工作不可。我却暗想：他是多么呆板、多么懒散的家伙呀！每逢他认真地谈到什么事，他就用足气力拖长声音念"э"；工作起来，也跟他谈话一样慢腾腾，老是迟误，错过期限。我对他的办事能力已经不大信服，我托他把一封信带到邮局去，他却一连好几个礼拜把它揣在衣袋里。

"最痛心的事，"他跟我并排走着嘟哝说，"最痛心的事是不管你怎样辛苦地工作，却得不到别人的同情！得不到一点同情！"

二

　　从此我就常上沃尔恰尼诺夫家去了。我照例坐在露台下面的一层台阶上；一种不满意自己的心情煎熬着我，我惋惜自己的生活，因为它过得这样快，这样没意思；我老是想着，要是从自己的胸膛里把那颗越来越沉重的心挖出来，那多么好。同时，露台上有谈话声，我听见衣服的沙沙声，翻书页的声音。不久我就看惯了这种生活：白天，莉达替病人看病，分发书籍，往往不戴帽子，打着阳伞，上村子里去，到傍晚高声地讲地方自治会和学校。这个苗条、漂亮、永远严肃、生着妩媚的小嘴的姑娘，每逢大家谈到严肃的题目时，总是冷淡地对我说：

　　"您对这种事是不感兴趣的。"

　　她对我没有好感。她之所以不喜欢我，是因为我是风景画家，在图画里没有表现人民的困苦，而且依她看来，我对她坚定信仰的事业漠不关心。我不由得想起来我当年走过贝加尔湖的岸边，遇见一个布略特族的女郎，骑着马，穿着蓝粗布的衬衫和裤子，我求她把她的笛子卖给我。在我们谈话的时候，那女郎轻蔑地看着我的欧洲人的脸和帽子，不一会儿就不愿意再跟我讲下去，吆喝着马，跑掉了。同样，莉达也看不上我，好像我是外国人一样。表面上，她从不做出讨厌我的样子，可是我自己是觉得的；我坐在露台下面的台阶上，一肚子闷气，就说：自己不是医生而给农民看病，那是欺骗他们；又说既有两千俄亩的田产，要做慈善家自然便当。

　　她妹妹没有什么操心的事，跟我一样完全悠闲地把生活打发过去。她早晨一起床，立刻就拿一本书在露台上一个很幽深的椅上坐下来，看着，她那双小小的脚几乎挨不到地，或者拿着书躲到菩提树的林荫路上去，要不然索性走出大门，到田野里去。她成天价看书，热切地看下去，只有从她眼睛那种有时变得疲乏昏眩的神情和变得极白的脸色上，才看得出这种阅读使得她的脑筋怎样疲劳。我来了以后，她看见我，总是微微脸红，放下书，活泼起来，用她的大眼睛瞧着我的脸，把她家里发生的事告诉我，例如，仆人房间里的煤烟起火了，或者有个工人在池塘里钓到一条大鱼。在平常日子，她常穿着一件淡色的罩衫和一条深蓝色的裙子。我们一块去散步，摘些樱桃回来做果酱，或者一块划船。每逢她跳起来摘樱桃，或者在船上摇橹，她那瘦弱的胳膊就透过她那肥大的衣袖露出来。或者，我在画画儿，她就站在我身旁看得出了神。

七月末一个星期日，上午九点钟光景，我来到沃尔恰尼诺夫家。我在花园里溜达，走得离那所房子挺远，找白菌，那年夏天白菌生得很多；我在它们旁边做下记号，往后好跟任尼雅一块来采。那儿有一股温暖的风。我看见任尼雅和她母亲都穿着考究的淡色衣服从教堂回家来，任尼雅迎着风拉紧了帽子。后来我听见她们在露台上喝茶。

在我这样一无牵挂、为自己经常的闲散寻找理由的人，夏天乡村别墅里的这类假日的早晨总是非常迷人的。每逢苍翠的花园仍旧给露水浸润着，在阳光里灿烂发亮，看上去似乎射出幸福的光，每逢房子附近有一股木樨草和夹竹桃的香气，年轻的人刚从教堂回来，在花园里喝茶，每逢大家都这样打扮得漂漂亮亮，兴致挺好，每逢人知道这些健康的、吃饱的、美丽的人在那漫长的一整天中什么事也不做，人就不由得希望所有人的生活都像这样才好，现在我就是这样想着，在花园里走来走去，还准备着照这样没有目的没有事情地过完一整天，过完整整一个夏天。

任尼雅拿着一个篮子走来。她脸上有一种神情，仿佛她知道会在花园里找着我，或者有了这样的预感似的。我们采菌，谈天，每逢她问什么话，总要走到前面去看看我的脸。

"昨天我们村子里出了奇迹,"她说,"瘸腿的女人彼拉盖雅病了整整一年,看医生啦,吃药啦,都没什么用处;可是昨天来了一个老太婆,嘴里念了一阵,她的病就好了。"

"这算不了什么,"我说,"不应当光是在病人和老太婆中间去找奇迹。难道健康不是奇迹吗?生活本身不是奇迹吗?凡是不能理解的东西就是奇迹。"

"难道您不怕那些不能理解的东西吗?"

"不。凡是我不了解的现象,我总是勇敢地迎着它走上前去,不向它屈服,我比它们高。人应当认定自己比狮子、老虎、猩猩高一等,比自然界万物,甚至比他不能理解的、像是奇迹的东西都高才成,要不然他就算不得人,只不过是一个见着样样东西都害怕的耗子罢了。"

任尼雅认为我既是艺术家,就一定知道很多的事,而且能够正确地推测我们不知道的事。她盼望我领她走进永恒和美的领域里去,走进依她想来我必定十分熟悉的、高一等的世界里去。她跟我谈到上帝,谈到永恒的生活,谈到奇迹。我呢,不能承认我自己和我的幻想会在我去世以后就此消灭,便回答:"对了,人是永生不死的。""对了,有一种永恒的生活在等待我们。"她听着,相信了,也不要我提出证据来。

我们走回家去,她忽然站住,说:"我们的莉达是个了不起的人,难道不是这样吗?我热烈地爱她,随时愿意为她交出我的生命。可是告诉我,"任尼雅摸着我的衣袖说,"告诉我,为什么您老是跟她吵架?为什么您生气?"

"因为她的话不对。"

任尼雅不以为然地摇摇头,眼泪涌上她的眼眶。

"这真是叫人弄不懂!"她说。

这当儿,莉达刚好不知从什么地方回来,站在台阶那儿,手里拿着一根马鞭子,那样苗条、美丽,浸在阳光里,正在向一个工人交代什么活儿。她匆匆忙忙用很大的说话声给两三个害病的农民看了病;随后现出认真的担忧神情,在房间里走来走去，打开了一个立柜，又打开一个，然后上阁楼里去了。他们费了很大功夫找她，叫她吃午饭，直到我们喝完菜汤，她才来吃。这些小事不知什么缘故我至今还记得，而且一想起来就满腔喜爱；那一整天虽然没出什么事，可是我记得清清楚楚。饭后任尼雅靠在一个深深的圈椅上看书；我呢，坐在露台底下的一层台阶上。我们一声不响，整个天空乌云四合，稀疏的细雨下起来。天热；风早已停了，仿佛这个白昼永远不会完结似的。叶卡捷里娜·巴甫洛芙娜走出来，站在露台上，带着睡意，手里拿着一把扇子。

"哦，妈，"任尼雅吻她的手，"白天睡觉于你是不好的。"

她们相亲相爱。一个人走进花园，另一个人就站在露台上，看着那些树木，招呼道："喂！任尼雅。"或者："妈，你在哪儿呀？"她们两个人老是一块祷告，有共同的信仰；她们即使不讲话，也完全互相了解。她们对别人的态度也一样。

叶卡捷里娜·巴甫洛芙娜很快就跟我熟了，喜爱我，要是我有两三天没去，她就打发人来问我身体好不好。她也热心地瞧我的画稿，也跟米修司那样不嫌烦琐地、坦白地跟我谈起她家里出了什么事，常把她家庭中的私密的事讲给我听。

她对她的大女儿是十分尊敬的。莉达从不撒娇，她只谈严肃的事；她过着她那种独特的生活；在她的母亲和妹妹看来，她是一个神圣的、有点像谜一样的人，如同水兵看那老是坐在舰长室里的海军上将一样。

"我们的莉达是个了不起的人，"母亲常常说，"不是吗？"

现在，天下着细雨，我们谈起了莉达。

"她是个了不起的姑娘，"她母亲说，然后跟阴谋造反的人那样，战战兢兢地向四下里看一眼，低声补充说，"这样的人是找也没处找的。不过，您知道，我却也渐渐有点担心了。学校啦，药房啦，书本啦，这些东西固然很好，可是何苦走极端呢？要知道，她已经二十三岁了，现在她也该认真地想一想她自己了。老是这么为书本和药品奔忙，早晚总会发觉生命已经溜过去，自己却没有理会……她该出嫁了。"

任尼雅看了半天书，脸色苍白，头发蓬松，抬起头来，眼睛望着她母亲，却又像是自言自语似的说："妈，一切全是天命！"

她又埋下头去看书。

别洛库罗夫穿着腰上带褶的短外衣和绣花衬衫走进来。我们打槌球，打网球，后来天黑下来，就在晚饭席上坐很久，莉达又谈到学校，谈到控制了全县的巴拉京。那天傍晚我从沃尔恰尼诺夫家出来，带着这样的印象：悠闲的白昼好长好长啊，同时还有一种忧郁的感觉：这世界上的事，不管多么长久，总要完结的。任尼雅送我们到门口，也许因为这一整天，从早到晚，我始终跟她在一块吧，总之我觉着舍不得离开她，觉得那可爱的一家人对我来说是那么亲近；在整整一个夏天里这是第一回想着要画画儿了。

"告诉我，您为什么过这么一种无聊的、没有光彩的生活？"我问别洛库罗夫，我正在跟他一块回家去，"我的生活无聊、沉闷、单调，那是因为我是艺术家、怪人。从年纪很轻的时候起，我就被种种心情苦恼着，什么妒忌啦，对自己不满意啦，对工作缺乏信心啦，等等。我素来穷，素来是流浪汉，可是您呢，您是健康而正常的人，地主，绅士。您为什么生活得这么没有趣味呢？您从生活里取得的为什么这样少呢？比方说，您为什么至今没有跟莉达或任尼雅恋爱？"

"您忘记我爱上另外一个女人了。"别洛库罗夫回答。

他指的是他的女伴柳包芙·伊凡诺芙娜，她跟他一块住在小屋里。我天天看见那女人，很丰满，肥胖，自以了不起，很像一只养肥的鹅，穿着俄罗斯式的衣服，戴着玻璃珠子的项链，老是打着一把阳伞，在花园里走来走去；女仆常叫她回去吃饭或者喝茶。三年以前她在这儿租一个小房子消夏，从此就在别洛库罗夫家里住着，看样子要永久住下去了。她比他大十岁上下，把他管束得很紧，他要出门，先要征得她的许可，她常用洪亮的男人声音痛哭，遇到那种时候我就打发人传话给她，说是如果她再不止住哭，那我就搬出我的住处，她才止住了哭。

我们回到家，别洛库罗夫在长沙发上坐下，深思地皱起眉头；我呢，在大厅里走来走去，感到一种平和的激动心情，仿佛我在恋爱似的。我一心要谈一谈沃尔恰尼诺夫一家人。

"莉达只会爱地方自治会的委员，只会爱跟她一样迷上学校和医院的委员，"我说，"啊，为了那样的姑娘，人不但可以进地方自治会，就是跟神话里的女孩那样穿破铁鞋也未尝不可啊。还有米修司呢，多么迷人，那个米修司！"

别洛库罗夫开口讲起来，拉长声音念"э"，讲到一种时代病——悲观主义。他讲得很肯定，从他那声调听来倒好像我在跟他吵架似的。每逢你面前有一个人坐着，讲话，谁也不知道他什么时候才可以走掉的时候，那份郁闷，哪怕有几百俄里长的荒凉的、单调的、烧光的草原，也比不上。

"问题不在于什么悲观主义或者乐观主义，"我生气地说，"问题只在于一百个人当中倒有九十九个人没有头脑罢了。"

别洛库罗夫认为这句话是对他说的，就恼了，走掉了。

三

"公爵住在玛洛焦莫沃，托我问你好。"莉达对母亲说。她刚刚不知从什么地方回来，正在脱手套。"他讲了许多有趣的消息……他应许在全省会议上重提在玛洛焦莫沃设立医疗所的问题，不过他说希望很小。"她转过身来对我说，"对不起，我老是忘记您对这种事是不感兴趣的。"

我生气了。

"为什么我不感兴趣呢？"我耸耸肩膀反问道，"这只不过是您不愿意知道我的意见罢了，可是我向您担保：我对这问题是有很大兴趣的。"

"是吗？"

"是的。依我看来，在玛洛焦莫沃设立医疗所是完全不必要的。"

我的气愤感染了她。她瞧着我，眯细眼睛，问："什么东西才必要呢？风景画吗？"

"风景画也不必要。什么都不必要。"

她脱下手套，翻开邮局刚刚送来的报纸。过一分钟，她分明按捺住自己的怒火，平静地讲起来：

"上个星期安娜难产死了，要是附近有个医疗所，那她就会到现在还活着。我认为连风景画家也应该对这种事有一种看法才对。"

"我向您担保：对这种事，我是有很明确的看法的。"我回答。她拿报纸挡住自己的脸，不让我看见，仿佛不愿意听我说下去似的。"依我看来，什么医疗所啦，学校啦，图书馆啦，药房啦，在现有条件下，是仅仅为奴役服务的。人民给一条大链子缚住；您呢，不砍断那条链子，反倒替它添上新的环节——这就是我的看法。"

她抬起眼睛看我，讥讽地笑一笑；我接着讲下去，极力说清我的基本思想：

"要紧的倒不是安娜难产死了，而是所有那些安娜、玛芙拉、彼拉盖雅，从一清早到天黑弯着腰操劳，由于力不胜任的劳动而生了病，一生一世为饥饿和生病的孩子发抖，一生一世怕死，怕病，一生一世找医生看病，很早就憔悴，很早就衰老，在污垢和恶臭里死掉。他们的孩子长大成人，重演那套旧故事，这种情形已经有好几百年；千千万万的人生活得比动物还糟——只为了有一口饭吃就得经常担惊受怕。他们处境的全部惨痛在于他们从来没有工夫想到他们的灵魂，他们的形象和样式[1]。饥饿，寒冷，动物性的恐惧，辛苦的劳动，就跟雪崩

1　见《旧约·创世记》："神说，地要生出物来，各从其类，牲畜、昆虫、野兽，各从其类。……神说，我们要照着我们的形象，按着我们的样式造人。"

那样把通到精神活动去的条条道路全堵住，而精神活动恰好是人跟动物的分别所在，而且是唯一使人值得活下去的东西。您用医院和学校去帮助他们，可是您用这些东西并没有解除他们的镣铐，刚好相反，您把他们的奴隶地位弄得更深了，因为您既把新的迷信带进他们的生活里去，那就使得他们的要求添多，至于为了买发泡膏和灵书，他们得拿出钱来给地方自治会，因而得比先前更辛苦地做工，那是更不用说了。"

"我不打算跟您争吵，"莉达放下报纸说，"这些话我早已听别人说过。我只要跟您说一句：人不可以把手放在膝盖上，坐着不动。固然，我们没有拯救人类，也许我们还做了很多错事，可是我们在尽我们的能力做，那我们就是对的。受过教育的人的顶高尚顶神圣的任务就是为同胞服务，我们正是在尽我们的能力为他们服务。您不喜欢这工作，可是一个人做事总不能叫人人都满意啊。"

"这是实话，莉达，实话。"她母亲说。

在莉达面前，她老是心虚，讲话的时候总是不安地瞧着莉达，生怕自己说的话多余，或者不得当。她从不反驳莉达，永远同意她的话："这是实话，莉达，实话。"

"教农民读书写字，给他们看思想冬烘、文笔糟糕的书，设立医疗所，那是不能减轻他们的愚昧或者死亡率的，就跟您的窗子里射出去的光照不亮那个大花园一样。"我说，"您没给他们什么好处。您干涉那些人的生活，结果反倒创造了新的要求，新的劳动理由。"

"哎呀，天哪！可是要知道，人总得做事才行啊！"莉达烦恼地说，从她的口气里听得出来她认为我的主张没有道理，她看不起。

"应当把人们从辛苦的体力劳动里解放出来才行，"我说，"我们得松掉他们的枷，给他们休息的工夫，好让他们不必一辈子待在火炉旁边、洗衣盆旁边、田野上，而可以有工夫想到他们的灵魂，想到上帝，可以广泛地表现他们的精神能力。每个人的使命是精神活动，是经常探求真理和生活意义。叫他们不要从

事粗糙的、动物性的劳动，让他们感到自由，那时候您就会明白医疗所和书本实际上是什么样的嘲弄了。人一认清自己的真正使命，就只有宗教、科学、艺术才能使他们满足，那些无足轻重的东西是不会使他们满足的。"

"叫他们不劳动！"莉达微微一笑，"难道这办得到吗？"

"办得到。您自己也分担一份他们的劳动就行了。要是我们全体，城里人和乡下人，没有一个例外，一齐同意：凡是人类用来满足生理方面的需要而要耗费的劳动由大家平均担负，那我们每个人一天也许只要工作两三个钟头就行了。想想看：我们全体，富人和穷人，一天只工作三个钟头，其余的时间全是空闲的。再想想看：为了少依靠我们的体力，少劳苦起见，我们发明机器来代替工作，我们极力把我们的需要缩减到最低限度。我们要锻炼我们自己和我们的孩子，好让他们不怕饥饿和寒冷，好让我们不像安娜、玛芙拉、彼拉盖雅那样老是为孩子的健康发抖。想想看：我们不请医生看病，我们不开药房、纸烟工厂、酿酒厂——到头来就会有多少空闲时间留下来给我们支配啊！我们大家就共同把我们的闲暇献给科学和艺术。如同有时候整个村社的农民一齐出动，一块修路一样，我们全体也同心协力共同探求真理和生活意义。我敢断定真理很快就会揭露出来，人类就会从此摆脱对于死亡的那种经常的、痛苦的、郁闷的恐惧，甚至会摆脱死亡也未可知。"

"不过，您的话自相矛盾，"莉达说，"您谈科学、科学，可是您自己又反对读书写字。"

"我所反对的是在只有酒馆的招牌或者偶尔有几本看不懂的书可读的情形下，却要教人读书写字——这样的教育从留里克[1]时代起一直延续到现在；果戈理的彼德鲁希加[2]早已在读书了，可是乡间呢，留里克时代是什么样子，现在仍旧是什么样子。目前所需要的不是什么读书写字，而是精神能力广泛发扬的自

1　留里克，俄罗斯的建国者，在位时期为公元862—879年。
2　果戈理的小说《死魂灵》中乞乞科夫的仆人。

由。需要的不是小学，而是大学。"

"您连医学也反对。"

"不错。医学一定要在拿疾病当作自然现象来研究，而不是为了医治疾病的时候才有必要。真要是医治，所要医治的也不应当是病。我不承认医病的科学，"我激动地讲下去，"科学和艺术如果名副其实，就不是为了解决暂时的需要，也不是为了达到局部的目标，而是为了永久和普遍的目标努力——它们探索真理和生活意义，探索上帝，探索灵魂；如果把它们跟当时的贫困和怨恨联结在一起，跟药房和图书馆联结在一起，那它们反而会使生活变得复杂，变得沉重。我们有许多的医师、药剂师、律师，有许多的人会看书写字，可是生物学家、数学家、哲学家、诗人却十分缺乏。所有的智慧、所有的精神力量，全为了满足暂时的、转眼就过去的需要而消耗了……学者、作家、艺术家工作得很有劲；由于他们，生活中的种种舒适一天天地多起来。肉体上的需要不断增加，可是真理还远得很，人类仍旧是顶残暴顶不道德的动物；这一切使得人类大多数在退化，从此丧失一切生活能力。在这样的情形下，艺术家的生活就失去意义，他越有才能，他的地位就越古怪，越不能理解，因为只要冷眼一看，就看得出他是在给残暴的、不道德的动物凑趣，维护现行的社会制度。我现在不想工作，将来也不准备工作……任什么事也不需要，还是叫这地球掉到地狱里去的好！"

"米修司，出去，"莉达对妹妹说，分明认为我的话对这样年轻的姑娘有害处。

任尼雅凄凉地看一眼她母亲和姐姐，走出去了。

"凡是想为自己的漠不关心辩护的人，总是说这种漂亮话，"莉达说，"否定学校和医院比教书和医病容易得多。"

"这是实话，莉达，实话。"母亲附和道。

"您口口声声说要不做工作了，"莉达接着说，"您明明对您的工作估价很高。那么别再争吵了；我们永远也谈不拢，因为您方才那么轻蔑地讲到的药房或图书馆，哪怕设备顶不完善，我也认为比全世界一切风景画的价值都高。"她立刻回转身去，用完全不同的口气对母亲说："公爵比上回到我们家里来的时候瘦多了，变得多了。他们把他送到维琪[1]去了。"

她跟母亲谈公爵，免得再跟我谈下去。她的脸绯红；为要掩饰她的激动，她就俯下身去低低地凑近桌子，做出看报的样子，仿佛是近视眼似的。我再待下去要惹得人家不愉快了。我就告辞，回家去了。

<h2 style="text-align:center">四</h2>

外面安安静静；池塘对岸的村子已经睡熟；那边一点亮光也看不见，只有池塘的水面上微微地映着惨淡的星光。在雕着狮子的门边站着任尼雅，一动也不动，等着送我一程。

"村子里，人人都睡着了，"我对她说，极力要在黑暗里看清她的脸容，却看见她那悲伤的黑眼睛瞧着我，"酒店老板也好，偷马贼也好，都安静地睡了；我们这些上流人却拌嘴，弄得彼此一肚子的气。"

那是八月间的一个忧郁的夜晚——说忧郁，是因为已经有了秋意；月亮在一朵紫云后面升上来，微微照亮大路和两旁黑漆漆的冬麦田；时不时地有一颗星掉下来。任尼雅跟我并排顺着大路走着，她极力不看天空，免得看见陨落的星星；不知因为什么缘故，那种陨星使她害怕。

"我觉得您的话对，"她说，由于夜晚的湿气而发抖，"要是大家能够共同把自己献给精神活动，他们很快就会了解一切了。"

1　法国中部的一个城市，那儿有矿泉，是一个疗养地。

"当然。我们是高级的生物；要是我们真正认清人类天才的全部力量，而且只为了高尚的目标生活，到头来我们就会变成神。不过这种事永远也不会实现——人类会退化，一直到天才连影踪也不剩下为止。"

等到看不见大门了，任尼雅就站住，匆匆地跟我握手。

"晚安。"她说。她的身子在发抖；她只穿着一件衬衫，冷得缩起身子。"明天来。"

我想到剩下自己孤单单的一个人对自己和别人生闷气而且不满意，就觉着害怕起来；我自己也极力不去看陨落的星星了。

"再陪我一会儿，"我对她说，"求求您。"

我爱任尼雅。我一定早已爱上她了，因为每逢我来，她就迎接我，每逢我走，她总送我出来；因为她总是温柔而热情地瞧着我。她那白脸、细脖子、细胳臂，她那娇弱、悠闲，她那读书的样子，多么美丽动人啊！智慧吗？我不敢说她的智慧超过常人，只是我喜欢她眼界开阔，这也许是因为她的见解跟严厉而俊俏的、不喜欢我的莉达的见解不同吧。任尼雅喜欢我，因为我是艺术家，我用我的才能征服了她的心。我呢，满心想要单为她一个人画画儿；我把她想象成我的小皇后，跟我一块占有那些树木、田野、雾霭、晨霞，占有这优美迷人的大自然——以前在这大自然中，我本来觉得孤独得要命，觉得自己是个多余的人。

"再陪我一会儿，"我央告她，"我求求您了。"

我脱下身上的大衣，披在她那冰凉的肩膀上；她生怕穿着男人的大衣显得滑稽、难看，就笑起来，丢掉大衣；这当儿我伸出胳膊去搂住她，连连吻她的脸、肩膀、胳膊。

"明天见。"她喃喃地说，声音那么低，仿佛生怕打破夜晚的沉寂；她抱住我。"我们一家人中间是素来不把自己的秘密瞒住别人的。我得马上去告诉妈妈和姐姐……这真可怕！妈妈倒没什么；妈妈喜欢您，可是莉达呀！"

她向门口跑去。

"再会!"她叫道。

然后大约有两分钟的工夫,我听见她在跑。我不想回家去,反正我回去也没有什么事要办。我犹疑不定地站了一会儿,慢腾腾地走回去,好再看一看她居住的那所房子,那所可爱的、朴素的老房子。阁楼上的窗子好像眼睛似的瞧着我,显得什么情它都明白似的。我走过露台,在网球场旁边黑地里一棵老榆树底下的一张凳子上坐下,在那儿瞧着那所房子。阁楼上米修司住着的那个房间,窗子里有明亮的灯光,后来变成柔和的绿色——她在灯上加了灯罩,人影晃来晃去……我满腔的柔情,心平气和,对自己满意;我满意自己是因为我还能够入迷,能够热爱;同时转念想到离我没有几步远,在那所房子的一个房间里住着莉达,她不喜欢我,也许还恨我,我就又觉得不自在了。我坐在那儿,一直等着,不知道任尼雅会不会出来;我听着,仿佛听见阁楼里人们在说话似的。

差不多一个钟头过去了。绿光熄了,人影看不见。月亮高高地升到房子的上方,照亮沉睡的花园和幽径;房子前面花坛里的西番莲和玫瑰,可以看得清清楚楚,显得和颜色一样。天气变得很冷。我走出花园,在路上捡起我的大衣,不慌不忙地溜达着回家去了。

第二天吃过午饭,我到沃尔恰尼诺夫家来;通到花园里去的玻璃门敞开着。我在露台上坐下来,随时想着任尼雅会从花圃后面走到草地上来,或者从一条林荫路上走出来,或者会听见她的说话声从房间里传出来。后来我走进客厅。一个人也没有。从饭厅出来,我顺着长过道走到前厅,后来又走回去。这条过道上有好几个门,有一个门里传出莉达的声音:

"上——帝——送——给——乌——鸦——"她用响亮的语声拖着长音说,大概是在叫学生默写。"'上帝送给乌鸦一小块奶酪——乌鸦——一小块奶酪。'——外面是谁?"她听见我的脚步声,忽然叫一声。

"是我。"

"哦!对不起,我这会儿不能出来见您,我在教达霞功课。"

"叶卡捷里娜·巴甫洛芙娜在花园里吗?"

"不在。今天早晨她带我妹妹去片旬斯卡亚省我们的姨妈家了。今年冬天她们多半要出国……"停一停,她补充了一句,"'上帝——送给——乌鸦——一小块——奶酪。'写好没有?"

我走到前厅,站住,什么也没想,呆呆地眺望池塘和村子,莉达的声音传到我这儿来:

"一小块奶酪——上帝送给乌鸦一小块奶酪……"

我离开庄园,顺着我第一回到这儿来的那条路走着,只是方向相反:先从院子走进花园,经过那所房子,然后走上菩提树的林荫路……在那儿,有一个小男孩追上我,他交给我一张字条。"我已经把一切都告诉姐姐了,她要求我跟您分开,"我读着,"要我不听她的话,伤她的心,我办不到。求上帝赐给您幸福,请您原谅我。要是您知道母亲和我怎样痛哭了一场就好了!"

然后是那条两旁栽着枞树的阴暗的林荫路,坍倒的篱墙……田野上,当初黑麦开花,秧鸡鸣叫,现在却只有牝牛和脚上套着绳索的马在徘徊了。山冈上,左一块右一块的尽是些绿油油的冬麦。工作日的清醒心情来到我的心头;想到原先在沃尔恰尼诺夫家说的话,我不由得惭愧起来,而且又跟先前那样觉得生活乏味了。我回到家,收拾行李,当天傍晚就动身到彼得堡去了。

我从此没再看见沃尔恰尼诺夫一家人。不久以前,有一回我去克里米亚,在火车上遇见别洛库罗夫。他跟先前一样仍旧穿一件腰上带褶的短外衣和一件绣花衬衫;我问他近来好不好,他回答说托福托福。我们谈起来。他已经卖了他的老庄园,另外用柳包芙·伊凡诺芙娜的名义买了一所小一点的房子。关于沃尔恰尼诺夫一家人,他说得很少。他说莉达仍旧住在谢尔科夫卡,在学校里教书;她渐渐在她四周集合了一派同情她的人,形成一个有力量的团体,在最近一回地方选举中"干掉"了在那以前始终把全县抓在手里的巴拉京。关于任尼雅,别洛库罗夫只告诉我,她没有住在家里,不知道在什么地方。

我已经渐渐忘掉了那所带阁楼的房子，只是间或在画画儿或者看书的时候，忽然无缘无故想起窗子里的绿光，想起我在那天夜晚满心的热爱，在寒冷里搓着手，穿过田野走回家时的我的脚步声。有时候（那种时候更少）孤独折磨我，我心情忧郁，我就模模糊糊地想起往事；渐渐地，不知什么缘故，我开始觉得她也在想我，等我，我们早晚会见面似的……

　　米修司，你在哪儿啊？

鉴评：带着强烈抒情的无望"等待"

　　这是契诃夫的名篇之一，它作为爱情小说所具有的特殊价值，就在于强烈鲜明的社会批判性与忧郁动人的抒情性的结合。

　　契诃夫是短篇小说中一种类型的代表，按我个人的理解，不妨把短篇小说分为两种类型：一种是莫泊桑式的，以严谨的结构，集中地表现现实生活中的一段插曲，注意纵向的发展，故事性强，情节往往带有某些戏剧性；另一种是契诃夫式的，故事性不一定很强，意想不到的戏剧性更是少有，写生活的横断面似乎居多，结构比较灵活自由，不追求严谨集中，有散文的风格，善于挖掘现实生活中蕴藉的含义和表现作家提炼浓缩的"诗情"。这种划分并不绝对，绝不是说，莫泊桑的作品中就完全没有契诃夫式的，而契诃夫的作品就完全没有莫泊桑式的。这篇《带阁楼的房子》，就兼有二者之长。

　　首先，这是一个动人的故事，就其情节来说，也是吸引人的，它表现出了一桩爱情悲剧。

这个悲剧像大多数有思想意义的爱情悲剧故事一样，不是心理性的，而是社会性的。青年画家与贵族小姐任尼雅的恋爱被她的姐姐莉达破坏，这对相爱的情人被活生生地拆开，正是一场尖锐的社会思想冲突的结果。画家与莉达的那一场辩论，在小说中是情节发展的关键，也是作品特别富有深刻社会意义的所在。就这位画家的思想和地位来说，他显然与沃尔恰尼一家不属于一个阶级，这个家庭的家长曾在莫斯科居显要地位，曾任高级三品文官，他去世后给妻女留下了两千俄亩的产业，在黑暗的农奴制的沙皇俄国，这是一个属于统治阶级的家庭。而画家则是一个游离于这个阶级之外的自由主义知识分子，他具有某些民主主义的思想，对沙皇俄国的社会现实不满、厌倦。不合理的社会使他的心情蒙上了灰暗，使他的精神得不到激奋，只好在闲散中打发日子，因而，也就浪费了自己的才能。这是一个与社会不协调的"多余人"的形象，正是十九世纪俄国文学中常见的那种人物类型中的一个。他却爱上了上流阶级沃尔恰尼家的小姐任尼雅。他对任尼雅产生爱情，并不是因为她是贵族之家一员，恰巧相反，他喜欢的正是她身上那种与沃尔恰尼家的气息颇不相同的某些气质：纯洁、天真以及对书籍、艺术的爱好，当然，还有她的娇美和苗条，她的稚气和温情。而任尼雅爱上他，则因为他是一个有才能的画家。在阶级社会里，男女的接近和爱情仅仅由于个人的兴趣和爱好而不是由于社会阶级地位相同或相近，一般总是以悲剧而告终的，青年画家与任尼雅的爱情结局就是如此。

　　不过，这篇小说的格局颇不一般化的是，代表着上流家庭的利益扼杀了青年人爱情的，既不是老官僚家长，也不是养尊处优的阔太太，而是同样苗条、俊俏而年轻的姐姐莉达。这个人物是十九世纪俄国文学中一个别具一格的形象，她具有上流社会家庭人物的阶级属性，而又不脸谱化，另有自己不同的特点。她虽然拥有巨额的家产，但她偏偏要在自己所在的谢尔科夫卡村的地方学校里做教员，每月只花她那二十五卢布的薪水，以自食其力而骄傲。她也不像其他的贵族阶级人物一样闲散怠惰，无所事事，而是忙于各种"慈善公益事业"。

　　参加地方自治会的活动，为遭了火灾的乡民募捐，给村里的病人看病，向村里分发书籍，等等，她从事这些事业充满了热情、信仰和主观真诚，凡是对她所认为的这些严肃的事不感兴趣的人，她都要加以批评。这是贵族阶级中的一个积极成员，她的毛病不在于她个人的私德，而在于她那根本的阶级局限：她把黑暗的农奴制当作合理的、不容怀疑的前提，而以自己的活动为这罪恶的制度佩上花束。她这样一个人物，当然会和那个对农奴制俄国充满了反感，并认识到一切罪恶的根由都在于不合理的社会制度的年轻画家发生尖锐的冲突，这种冲突也就必然给画家与任尼雅的爱情带来灾难性的结果。

　　值得注意的是，在这篇爱情小说里，作者并没有用主要的笔墨去描写这一对男女青年感情上的发展和情状，他的眼界超出于此，他更着力于在一种社会背景、社会现实、社会氛围中去展示一个爱情的悲剧，因而，他特别注意对环境、氛围的描写。他通过平淡无奇的生活场景和在这环境中的人们那些日常的情绪，成功地表现出了那个停滞的、令人窒息的社会现实。读者从小说中看到的是，年轻地主别洛库罗夫如何用喝啤酒、抱怨、发牢骚、自怜自艾来打发他寄生生活的时光，有才能的画家在那种生活中多么难以获得激情和灵感，只是到处徘徊游荡，或是眺望着远方的天空发呆。这里的景致也都打上了衰老的烙印：老宅子在风暴中颤摇；"荒凉而古老"的林荫路上，"树叶在我脚底下悲伤地沙沙响"；"金莺用微弱的声音勉强唱着，它大概老了"；"坍倒的篱墙"，"几百里长的荒凉的、单调的、烧光的草原"……正是在这片土地上，千千万万的农民"从一清早到天黑弯着腰操劳"，他们"生活得比动物还糟"，而且，"这种情形已经有好几百年"，而贵族地主则在地方自治会中进行争权夺利的宗派斗争，莉达这种开明的贵族人物则以她的"善行"给那些受苦受罪的农民灌入麻醉药，向他们散布对这黑暗衰败的生活方式的迷信。作者在这一系列描绘和展示中，特别是画家与莉达的那一场辩论可谓画龙点睛。契诃夫通过画家之口揭露了农奴制的罪恶，指出了人民的不幸，谴责了整个沙皇俄国不合理的现实，批判了贵族改良派的伪善与欺骗。以那么明确的语言阐明了那么一些重大的、尖锐的政治社会问题，这在契诃夫的作品中几乎是绝无仅有的；而在一篇爱情故事里，竟容纳了如此强烈、鲜明、尖锐的政治社会批判，这在世界文学中也属少见。

虽然作者并没有把主要笔墨放在描写这一对男女的接近和感情上的发展，但对那古老衰败的生活方式和对人物日常情绪的表现，无疑都是为了烘托这一爱情故事的悲剧性，而这些又是以一种轻淡的风格表现出来的。这个悲剧本来就是不合理的社会现实的一个组成部分，当契诃夫以他那特有的柔和而忧郁的笔调来表现这种生活方式和人物的精神状态时，他就给这爱情故事定下了忧郁的基调，这个画家好容易在那腐朽发霉的现实生活中看见了美——一个纯真美丽的少女，得到了新鲜的生活感受，但马上就失去了它，剩下来的只是原来像死水一样的生活和他只能在等待中忍受的惆怅。

"希望迟迟不来，苦死了等待的人"，这是当代戏剧杰作《等待戈多》中的名句。"等待"这一主题，在文学中似乎有它的普遍性，它往往能给人的感情以深深的、持续的触动。《带阁楼的房子》这个短篇，最终表现的还是"等待"的主题，而这"等待"是双重性的：当画家怀着对俄国生活的不满，一连好几个钟头眺望窗外的天空时，他该是在等待和眼前的现实完全不同的生活；当他怀念着那带阁楼的房子时，他是在等待着和任尼雅的重逢。然而，这两者都是那样遥远、渺茫，"米修司，你在哪儿啊?"这就是发自他灵魂深处的痛苦的呼号，其凄厉的程度，与《等待戈多》的结局相仿，只不过一个是以荒诞的形式，一个是带着强烈的抒情。

爱的牺牲

[美国] 欧·亨利

王仲年 译

作者简介

　　欧·亨利（1862—1910），美国著名作家。生于一个医师的家庭，早年当过学徒、牧童、会计员以及银行出纳员；在银行任职时，因为账目不清而坐了三年多牢，出狱后，专门从事写作。在出狱后到去世前的几年时间里，他完成了近三百个短篇和一部长篇小说的绝大部分。丰富的生活经历，带给他多样化的创作题材，他的作品里，描写了社会各阶层形形色色的人物，故有"美国生活的百科全书"之称。

　　欧·亨利是一位批判现实主义作家，同时他又具有自己独特的艺术风格。幽默的语调与故事情节戏剧性的变化，是他艺术特色的主要标志。

　　当你爱好你的艺术时，就觉得没有什么牺牲是难以忍受的。

　　那是我们的前提。这篇故事将从它那里得出一个结论，同时证明那个前提的不正确。从逻辑学的观点来说，这固然是一件新鲜事，可是从文学的观点来说，却是一件比中国的万里长城还要古老的艺术。

乔·拉雷毕来自中西部槭树参天的平原，浑身散发着绘画艺术的天才。他还只六岁的时候就画了一幅镇上抽水机的风景，抽水机旁边画了一个匆匆走过去的、有声望的居民。这件作品给配上架子，挂在药房的橱窗里，挨着一只留有几排参差不齐的玉米的穗轴。二十岁的时候，他背井离乡到了纽约，束着一条飘垂的领带，戴着一个更为飘垂的荷包。

德丽雅·加鲁塞斯生长在南方一个松林小村里，她把六音阶之类的玩意儿搞得那样出色，以至她的亲戚们给她凑了一笔数目很小的款子，让她到北方去"深造"。他们没有看到她成功——那就是我们要讲的故事。

乔和德丽雅在一个画室里见了面，那儿有许多研究美术和音乐的人经常聚会，讨论明暗对照法、瓦格纳[1]、音乐、伦勃朗的作品[2]、绘画、瓦尔特杜弗[3]、糊墙纸、肖邦[4]、奥朗[5]。

乔和德丽雅互相——或者彼此，随你高兴怎么说——一见倾心，短期内就结了婚——当你爱好你的艺术时，就觉得没有什么牺牲是难以忍受的。

拉雷毕夫妇租了一层公寓，开始组织家庭。那是一个寂静的地方——单调得像是钢琴键盘左端的 A 高半音。可是他们很幸福，因为他们有了各自的艺术，又有了对方。我对有钱的年轻人的劝告是——为了争取和你的艺术以及你的德丽雅住在公寓里的权利，赶快把你所有的东西部卖掉，施舍给穷苦的看门人吧。

公寓生活是唯一真正的快乐，住公寓的人一定都赞成我的论断。家庭只要幸福，房间小又何妨——让梳妆台坍下来作为弹子桌；让火炉架改作练习划船的机器；让写字桌充当临时的卧榻，洗脸架充当竖式钢琴；如果可能的话，让四

1　瓦格纳（1813—1883）：德国作曲家。
2　伦勃朗（1606—1669）：荷兰画家。
3　瓦尔特杜弗（1837—1915）：法国作曲家。
4　肖邦（1810—1849）：波兰作曲家。
5　奥朗：中国乌龙红茶的粤音。

堵墙壁挤拢来，你和你的德丽雅仍旧在里面。可是假若家庭不幸福，随它怎么宽敞——你从金门进去，把帽子挂在哈得拉斯，把披肩挂在合恩角，然后穿过拉布拉多出去，[1] 到头还是枉然。

乔在伟大的马杰斯脱那儿学画——各位都知道他的声望。他收费高昂，课程轻松——他的高昂和轻松给他带来了声望。德丽雅在罗森斯托克那儿学习，各位也知道他是一个出名的专跟钢琴键盘找麻烦的家伙。

只要他们的钱没用完，他们的生活是非常幸福的。谁都是这样——算了吧，我不愿意说愤世嫉俗的话。他们的目标非常清楚明确。乔很快就能有画问世，那些鬓须稀朗而钱袋厚实的老先生，就要争先恐后地挤到他的画室里来抢购他的作品。德丽雅要把音乐搞好，然后对它满不在乎，如果她看到音乐厅里的位置和包厢不满座的话，她可以推托喉痛，拒绝登台，在专用的餐室里吃龙虾。

但是依我说，最美满的还是那小公寓里的家庭生活：学习了一天之后的情话絮语；舒适的晚饭和新鲜、清淡的早餐；关于志向的交谈——他们不但关心自己的，也关心对方的志向，否则就没有意义了——互助和灵感；还有——恕我直率——晚上十一点钟吃的菜裹肉片和奶酪三明治。

可是没多久，艺术动摇了。即使没有人去摇动它，有时它自己也会动摇的。俗语说得好，坐吃山空，应该付给马杰斯脱和罗森斯托克两位先生的学费也没着落了。当你爱好你的艺术时，就觉得没有什么牺牲是难以忍受的。于是，德丽雅说，她得教授音乐，以免断炊。

她在外面奔走了两三天，兜揽学生。一天晚上，她兴高采烈地回家来。

"乔，亲爱的，"她快活地说，"我有一个学生啦！哟，那家人可真好。一位将军——爱·皮·品克奈将军的小姐，住在第七十一街。多么漂亮的房子，

1　金门是美国旧金山湾口的海峡；哈得拉斯是北卡罗来纳州海岸的海峡，与英文的"帽架"谐音；合恩角是南美智利的海峡，与"衣架"谐音；拉布拉多是哈得逊湾与大西洋间的半岛，与"边门"谐音。

乔——你该看看那扇大门！我想就是你所说的拜占庭式[1]。还有屋子里面！喔，乔，我从没见过那样豪华的摆设。

"我的学生是他的女儿克蕾门蒂娜。我见了她就欢喜极啦！她是个柔弱的小东西——老是穿白的；态度又多么朴实可爱！她只有十八岁。我一星期教三次课，你想想看，乔！每课五块钱。数目固然不大，可是我一点也不在乎；等我再找到两三个学生，我又可以到罗森斯托克先生那儿去学习。现在，别皱眉头啦，亲爱的，让我们好好吃一顿晚饭吧。"

"你倒不错，德丽雅，"乔一边说，一边用斧子和切肉刀在开一听青豆，"可是我怎么办呢？你认为我能让你忙着挣钱，我自己却在艺术的领域里追逐吗？我以贝维纽多·切利尼[2]的骨头赌咒，决不能够！我想我能卖报纸，搬石子铺马路，多少也挣一两块钱回来。"

德丽雅走过来，勾住他的脖子。

"乔，亲爱的，你真傻。你一定得坚持学习。我并不是放弃了音乐去干别的事情。我一面教授，一面也能学一些。我永远跟我的音乐在一起，何况我们一星期有十五块钱，可以过得像百万富翁那般快乐。你绝不要打算脱离马杰斯脱先生。"

"好吧，"乔一边说，一边去拿那只贝壳形的蓝菜碟，"可是我不愿意让你去教课。那不是艺术。你这样牺牲真了不起，真叫人佩服。"

"当你爱好你的艺术时，就觉得没有什么牺牲是难以忍受的。"德丽雅说。

"我在公园里画的那张素描，马杰斯脱说上面的天空很好。"乔说，"丁克尔答应我在他的橱窗里挂上两张。如果碰上一个合适的有钱的傻瓜，可能卖掉一张。"

1　拜占庭式：6—15 世纪间，东罗马帝国的建筑式样，圆屋顶、拱门、细工镶嵌。
2　贝维纽多·切利尼（1500—1571）：意大利著名雕刻家。

"我相信一定卖得掉的，"德丽雅亲切地说，"现在让我们先来感谢品克奈将军和这烤羊肉吧。"

下一个星期，拉雷毕夫妇每天一早就吃早饭。乔很起劲地要到中央公园里去在晨光下画几张速写，七点钟的时候，德丽雅给了他早饭、拥抱、赞美、接吻之后，把他送出门。艺术是个迷人的情妇。他回家时，多半已是晚上七点钟了。

周末，愉快自豪可是疲惫不堪的德丽雅，得意扬扬地掏出三张五块钱的钞票，扔在那八英尺阔、十英尺长的公寓客厅里的八英寸阔、十英寸长的桌子上。

"有时候，"她有些厌倦地说，"克蕾门蒂娜真叫我费劲，我想她大概练习得不充分，我得三番五次地教她。而且她老是浑身穿白，也叫人觉得单调。不过品克奈将军倒是一个顶可爱的老头儿！我希望你能认识他，乔，我和克蕾门蒂娜练钢琴的时候，他偶尔走进来——他是个鳏夫，你知道——站在那儿捋他的白胡子。'十六分音符和三十二分音符教得怎么样啦?'他老是这样问道。"

"我希望你能看到客厅里的护壁板，乔！还有那些阿斯特拉罕的呢门帘。克蕾门蒂娜老是有点咳嗽。我希望她的身体比她的外表强健些。喔，我实在越来越喜欢她了，她多么温柔，多么有教养。品克奈将军的弟弟一度做过驻玻利维亚的公使。"

接着，乔带着基督山伯爵的神气[1]，掏出一张十元、一张五元、一张两元和一张一元的钞票——全是合法的纸币——把它们放在德丽雅挣来的钱旁边。

"那幅方尖碑的水彩画卖给了一个从庇奥利亚[2]来的人。"他郑重其事地宣布说。

"别跟我开玩笑啦，"德丽雅说，"不会是从庇奥利亚来的吧!"

"确实是从那儿来的。我希望你能见到他，德丽雅。一个胖子，围着羊毛围

1　基督山伯爵：法国作家大仲马小说中的人物。年轻时为情敌陷害，被判无期徒刑，在孤岛拘禁多年；脱逃后，在基督山岛上掘获宝藏自称基督山伯爵，逐一报复仇人。

2　庇奥利亚：伊利诺伊州中部的城市。

巾，衔着一根翻管牙签。他在丁克尔的橱窗里看到了那幅画，起先还以为是座风车呢。他倒很气派，不管三七二十一地把它买下了。他另外预订了一幅——勒加黄那货运车站的油画——准备带回家去。我的画，加上你的音乐课！呵，我想艺术还是有前途的。"

"你坚持下去，真使我高兴，"德丽雅热切地说，"你一定会成功的，亲爱的。三十三块钱！我们从来没有这么多可以花的钱。今晚我们买牡蛎吃。"

"加上炸嫩牛排和香菌。"乔说，"肉叉在哪儿？"

下一个星期六的晚上，乔先回家。他把他的十八块钱摊在客厅的桌子上，然后把手上许多似乎是黑色颜料的东西洗掉。

半个钟头以后，德丽雅回来了，她的右手用绷带包成一团，简直不像样子。

"这是怎么搞的？"乔照例地打招呼之后，问道。德丽雅笑了，可是笑得并不十分快活。

"克蕾门蒂娜，"她解释说，"上了课之后一定要吃奶酪面包。她真是个古怪的姑娘。下午五点钟还要吃奶酪面包。将军也在场。你该看看他奔去拿烘锅的样子，乔，好像家里没有佣人似的。我知道克蕾门蒂娜身体不好，神经多么过敏。她浇奶酪的时候泼翻了许多，滚烫的，溅在我手腕上。痛得要命，乔。那可爱的姑娘难过极了！还有品克奈将军！——乔，那老头儿差点要发狂了。他冲下楼去叫人——他们说是烧炉子的或是地下室里的什么人——到药房去买一些油和别的东西来，替我包扎。现在倒不十分痛了。"

"这是什么？"乔轻轻地握住那只手，扯扯绷带下面的几根白线，问道。

"那是涂了油的软纱。"德丽雅说，"喔，乔，你又卖掉了一幅素描吗？"她看到了桌子上的钱。

"可不是嘛，"乔说，"只消问问那个从庞奥利亚来的人。他今天把他要的车站图取去了，他没有确定，可能还要一幅公园的景致和一幅哈得逊河的风景。你今天下午什么时候烫痛手的，德丽雅？"

"大概是五点钟，"德丽雅可怜巴巴地说，"熨斗——我是说奶酪，大概在那个时候烧好。你真该看到品克奈将军，乔，他……"

"先坐一会儿吧，德丽雅。"乔说。他把她拉到卧榻上，在她身边坐下，用胳臂围住了她的肩膀。

"这两个星期来，你到底在干什么，德丽雅?"他问道。

她带着充满了爱情和固执的眼色熬了一两分钟，含含混混地说着品克奈将军；但终于垂下头，一边哭，一边说出实话来了。

"我找不到学生，"她供认说，"我又不忍眼看你放弃你的课程，所以在第二十四街那家大洗衣作坊里找了一个烫衬衣的活儿。我以为我把品克奈将军和克蕾门蒂娜两个人编造得很好呢，可不是吗，乔? 今天下午，洗衣作坊里一个姑娘的热熨斗烫了我的手，我一路上就编出那个烘奶酪的故事。你不会生我的气吧，乔? 如果我不去做工，你也许不可能把你的画卖给那个庞奥利亚来的人。"

"他不是从庞奥利亚来的。"乔慢慢吞吞地说。

"他打哪儿来都一样。你真行，乔——吻我吧，乔——你怎么会疑心我不在教克蕾门蒂娜的音乐课呢?"

"到今晚为止，我始终没有起疑。"乔说，"本来今晚也不会起疑的，可是今天下午，我把机器间的油和废纱头送给楼上一个被熨斗烫了手的姑娘。两星期来，我就在那家洗衣作坊的炉子房烧火。"

"那你并没有……"

"我的庞奥利亚来的主顾，"乔说，"和品克奈将军都是同一艺术的产物——只是你不会管那门艺术叫作绘画或音乐罢了。"

他们两个都笑了。

乔开口说："当你爱好你的艺术时，就觉得没有什么牺牲是……"可是，德丽雅用手掩住了他的嘴。"别说下去啦，"她说，"只消说'当你爱的时候'。"

鉴评：当你爱的时候，就没有什么牺牲是难以忍受的

欧·亨利是一位具有鲜明风格的短篇小说家。所谓风格，只不过是作家整个作品总的情致和面貌，并非每一篇作品都毫不例外地带上的戳记。如果可以这样理解的话，我们不妨这样来概括这位作家的风格：他往往是以幽默讽刺甚至玩世不恭的语调，叙述一个引人入胜而其结局又大出读者所料的故事，以揭示现实世界的不合理，表现小人物的辛酸和他们的品格精神中闪光的东西。

欧·亨利的作品一般都具有两个明显的优点：一是语言和故事富于情趣，二是作者对资本主义社会中善良的普通人怀着热爱与同情。

《爱的牺牲》也是典型的欧·亨利式的。通篇都带着讽刺、嘲笑和揶揄的口气，在这一点上，它比作者其他的短篇更为明显。短篇的开头就机智而幽默，以调侃的语调提出了一个问题，似乎是有关艺术家对艺术的态度问题，造成了读者的悬念，接着就是对一对青年艺术家贫困生活的描述了。你看，艰难的生活被作者描述得多么轻松，"他

背井离乡到了纽约，束着一条飘垂的领带，戴着一个更为飘垂的荷包"；年轻夫妇居住条件的恶劣被描写得多么豁达，"家庭只要幸福，房间小又有何妨——让梳妆台坍下来作为弹子桌；让写字桌充当临时的卧榻，洗脸架充当竖式钢琴；如果可能的话，让四堵墙壁挤拢来，你和你的德丽雅仍旧在里面"。

　　在这种生活中，当然就产生了贫困和艺术的矛盾。这种矛盾是以辩证的方法层层展示的：即使这对青年对献身艺术有很大的决心，但是，贫困生活的冷酷却比他们的决心更为顽强，于是，"没多久，艺术动摇了"；虽然有了"动摇"，不过看来"动摇"得很有限，女方为了"以免断炊"，不去学琴了，而去"教音乐"，但这区别似乎又并不大——"我一面教授，一面也能学一些"，不仍是"永远跟我的音乐在一起吗?"。而且，这样做也是为了使自己的爱人能继续献身艺术；当然，这实际上还是一种"了不起的牺牲"，但作者不是一再提醒读者，"当你爱好艺术的时候，就觉得没有什么是难以忍受的"吗？这样，他就把这个年轻女子那种为艺术而献身的精神凸显出来了。男方也是如此。他也不愿意牺牲妻子的艺术生命，眼见妻子放弃了学习去挣钱而自己"却在艺术领域里追逐"，于是，他也做了分担：不再到绘画名师那里去学艺了，而到"中央公园去画速写"，以便制作成品出售，这比他原来的献身艺术当然倒退了一步，但是，似乎毕竟还是没有放弃绘画艺术，这样，他那种热爱艺术的精神也凸显出来了。

　　艺术与贫困的矛盾不是得到了调和吗？看来他们两人都没有放弃艺术，而又维持了生计，生活似乎还相当美满。然而，最后的真相由于偶然的事故暴露了出来，原来，年轻的妻子为了使丈夫不完全放弃艺术、仍然能够到"中央公园去画速写"，自己却完全放弃了艺术，到一家洗衣作坊里烫衬衣；而年轻的丈夫呢，他为了使妻子不完全放弃艺术，仍然能去"教音乐"，自己却完全放弃了艺术，到洗衣作坊里当烧火工。双方都生活在各自的想象中，以为自己的牺牲使对方的艺术生涯多少保存了一些，冷酷的现实却是，他们

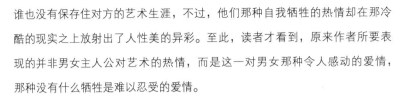

谁也没有保存住对方的艺术生涯，不过，他们那种自我牺牲的热情却在那冷酷的现实之上放射出了人性美的异彩。至此，读者才看到，原来作者所要表现的并非男女主人公对艺术的热情，而是这一对男女那种令人感动的爱情，那种没有什么牺牲是难以忍受的爱情。

"爱情"的含义从来都是极为丰富的，在那些丰富的含义中，"自我牺牲"往往是其中之一，有不少的作品表明：如果缺少那种为获得和保持爱情而付出的艰巨的努力，爱情就显得分量轻了一些。于是，在作家们的笔下，"爱情"与"牺牲"往往是形影不离的。例如，在中世纪以爱情为题材的骑士文学中，骑士们不仅要以自己"典雅的风度""高贵的品德"去赢得贵妇人的青睐，而且，追求并获得对方欢心的过程就是接受严酷考验、做出自我牺牲、履行"爱情的服役"的过程，不少骑士都去进行战争冒险，出生入死地建立武功，以此作为爱情的"献礼"。其中法国圆桌骑士诗中，有两个堪称崇尚自我牺牲的骑士之爱精神的理想典型：伊万与朗罗斯。为了自己心爱的贵妇，前者历尽艰难险阻，后者甘愿坐在牛车上当众受辱。以上例子是男子的"自我牺牲"。当然，为了爱情而勇于做出自我牺牲的女性，莫过于法国十九世纪作家龚斯当的小说《阿道尔夫》中的爱蕾诺尔和司汤达的小说《红与黑》中那一对女主人公：德·瑞那夫人与玛蒂尔德小姐了。例子当然不胜枚举，这只不过是为了说明，欧·亨利这篇小说所提出的"爱的牺牲"这个问题，原来是文学中爱情主题的一个极为重要的方面，也是人类爱情观念中一个很感人的内容。

当然，在"爱的牺牲"这一点上，热爱着的情人虽然都有相同的表现，但在"爱的牺牲"的内容方面，却还是有些不同。就以以上的例子而言，贵族骑士为了爱情所做的自我牺牲可谓毅勇之至，真有些英雄气概，但略加分析，它实际上是对骑士风度的一种标榜，是构成这种骑士风度、骑士荣誉的一个组成部分，而这种风度又是获得贵妇人欢心的一种必不可少的条件和手段。在表现市民意识的文学作品里，那种牺牲精神则是一种情欲推动的急不可待、奋不顾身，在禁欲主义统治的时代里，文学作品中这种反其道而行之的纵欲倾向是很自然的。到了浪漫主义的作品里，"爱的牺牲"的热情显然是作为一种难得的感情而被理想化了。本来嘛，浪漫主义者喜欢搞理想化，这样，"爱的牺牲"在他们的作品里就表现得格外感人，并能引起一种令人肝肠寸断的悲剧效果。

欧·亨利以现实主义的描绘把"爱的牺牲"表现得集中而又明确，他通过幽默的叙述，对这个观念几乎是做了最确切、最"经典性"的概括："当你爱的时候，就觉得没有什么牺牲是难以忍受的。"他讲的不是一个浪漫的故事，而是社会现实中的日常生活，因而，这种人间难能可贵的感情，就被他表现得平易近人，令人感到亲切，感到它就在周围，就在身边，而不是在浪漫主义的云端里。而且，这里既不是贵族也不是资产者的故事，而是现实生活中两个普通小人物的相爱，因而，他们那种出于"爱"而做出的"牺牲"，也就格外真挚、无私、纯净。这也许可以说就是欧·亨利处理这个古老主题时别开生面的所在吧。

伊豆的舞女

[日本] 川端康成
侍桁 译

作者简介

　　川端康成（1899—1972），日本著名作家，自幼父母双亡，大学时期即开始文学创作。1924 年大学毕业后，成为日本文学中新感觉派的主将。1926 年，他发表了成名作——短篇小说《伊豆的舞女》。1968 年，他以《雪国》《千鹤》《古都》三部作品获诺贝尔文学奖。1972 年以煤气自杀。

一

　　道路变成曲曲折折，眼看着就要到天城山的山顶了，正在这么想的时候，阵雨已经把丛密的杉树林笼罩成白花花的一片，以惊人的速度从山脚下向我追来。

　　那年我二十岁，头戴高等学校的学生帽，身穿藏青色碎白花纹的上衣，系着裙子，肩上挂着书包。我独自旅行来到伊豆，已经是第四天了。在修善寺温泉住了一夜，在汤岛温泉住了两夜，然后穿着高齿的木屐登上了天城山。一路上我虽然出神地眺望着重叠群山、原始森林和深邃幽谷的秋色，胸中却紧张地悸动着，有一个期望催我匆忙赶路。这时候，豆大的雨点开始打在我身上。我沿着弯曲陡峭的坡道向上奔行。好不容易才来到山顶上北路口的茶馆，我呼了一口气，同时站在茶馆门口呆住了，因为我的心愿已经圆满地达到，那伙巡回艺人正在那里休息。

那舞女看见我伫立在那儿，立刻让出自己的坐垫，把它翻个身，摆在旁边。

"啊……"我只答了一声就坐下了。由于跑上山坡一时喘不过气来，再加上有点惊慌，"谢谢"这句话已经到了嘴边却没有说出口来。

我就这样和舞女面对面地靠近在一起，慌忙从衣袖里取出了香烟。舞女把摆在她同伙女人面前的烟灰缸拉过来，放在我的近旁。我还是没有开口。

那舞女看上去大约十七岁。她头上盘着大得出奇的旧式发髻，那发式我连名字都叫不出来。这使她严肃的鹅蛋脸显得非常小，可是又美又调和。她就像历史小说里头发画得特别丰盛的姑娘的面像。那舞女一伙里有一个四十多岁的女人，两个年轻的姑娘。另外还有一个二十五六岁的男人，穿着印有长冈温泉旅店商号的外衣。

到这时为止，我见过舞女这一伙人两次。第一次是在前往汤岛的途中，她们正到修善寺去，在汤川桥附近碰到。当时年轻的姑娘有三个，舞女提着鼓。我一再回过头去望她们，感到一股旅情渗入身心。然后是在汤岛的第二天夜里，她们巡回到旅馆里来了。我在楼梯半当中坐下来，专心地看舞女们在大门口的走廊上跳舞。我盘算着，当天在修善寺，今天夜里到汤岛，明天越过天城山往南，大概要到汤野温泉去；在二十多公里的天城山山道上准能追上她们。我这么空想着匆忙赶来，恰好在避雨的茶馆里碰上了，我心里扑通扑通地跳。

过了一会儿，茶馆的老婆子领我到另一个房间。这房间平时大概不用，没有装上拉门。朝下望去，美丽的幽谷深得望不到底。我的皮肤上起了鸡皮疙瘩，浑身发抖，牙齿在打战。老婆子进来送茶，我说了一声好冷啊，她就牵着我的手，要领我到她们自己的住屋里去。

　　"哎呀，少爷浑身都湿透啦。到这边来烤烤火吧，来呀，把衣服烤干。"

　　那个房间装着火炉，一打开纸拉门，就流出一股强烈的热气。我站在门槛边踌躇了。炉旁盘腿坐着一个浑身青肿、淹死鬼似的老头子，他的眼睛连眼珠子都发黄，像是烂了的样子。他忧郁地朝我这边望。他身边旧信和纸袋堆积如山，简直可以说他是埋在这些破烂纸头里。我目睹这山中怪物，呆呆地站在那里，怎么也不能想这就是个活人。

　　"让您看到了这样可耻的人样儿……不过，这是家里的老爷子，您用不着担心。看上去好难看，可是他不能动弹了，请您就忍耐一下吧。"

　　老婆子这样打了招呼，从她的话听来，这老爷子害了多年中风症，全身不遂。大堆的纸是各地治疗中风症的来信，还有从各地购来的中风症药品的纸袋。凡是老爷子从走过山顶的旅人听来的，或是在报纸广告上看到的，他一次也不漏过，向全国各地打听中风症的疗法，购求出售的药品。这些书信和纸袋，他一件也不丢掉，都堆积在身边，望着它们过日子。长年累月下来，这些陈旧的纸片就堆成山了。

　　我没有回答老婆子的话，在炉炕上俯下身去。越过山顶的汽车震动着房子。我心里想，秋天已经这么冷，不久就将雪盖山头，这个老爷子为什么不下山去呢？从我的衣服上腾起了水蒸气，炉火旺得使我头痛起来。老婆子去到店堂，跟巡回女艺人谈天去了。

　　"可不是吗，上一次带来的这个女孩已经长成这个样子，变成了一个漂亮姑娘，你也出头啦！女孩子长得好快，已经这么美了！"

　　将近一小时之后，我听到了巡回艺人准备出发的声音。我当然很不平静，可只是心里头七上八下的，没有站起身来的勇气。我想，尽管她们已经走惯了路，而毕竟是女人的脚步，即使走出了一两公里之后，我跑一段路也追得上她们，可是坐在火炉旁仍然不安神。不过舞女们一离开，我的空想就像得到解放似的，又开始活跃了。我向送走她们的老婆子问道：

"那些艺人今天夜里在哪里住宿呢？"

"这种人嘛，少爷，谁知道他们住在哪儿呀。哪儿有客人留他们，他们就在哪儿住下了。有什么今天夜里一定的住处啊！"

老婆子的话里带着非常轻蔑的口吻，甚至使我想到，果真是这样的话，我要让那舞女今天夜里就住在我的房间里。

雨势小下来，山峰开始明亮。他们一再留我，说再等十分钟天就放晴了，可是我却怎么也坐不住。

"老爷子，保重啊。天就要冷起来了。"我恳切地说着，站起身来。老爷子很吃力地动着他的黄色眼睛，微微地点点头。

"少爷，少爷！"老婆子叫着追了出来，"您这么破费，真不敢当，实在抱歉啊。"

她抱着我的书包不肯交给我，我一再阻拦她，可她不答应，说要送我到那边。她随在我身后，匆忙迈着小步，走了好长一段路，老是反复着同样的话：

"真是抱歉啊，没有好好招待您。我要记住您的相貌，下回您路过的时候再向您道谢。以后您一定要来呀，可别忘记了。"

我只不过留下五角钱的一个银币，看她却是十分惊讶，眼里都要流出泪来。可是我一心想快点赶上那舞女，觉得老婆子蹒跚的脚步倒是给我添了麻烦。终于来到了山顶的隧道。

"非常感谢。老爷子一个人在家，请回吧。"我这么说，老婆子才算把书包递给我。

一走进黑暗的隧道，冰冷的水滴纷纷地落下来。前面，通往南伊豆的出口微微露出了亮光。

二

　　出了隧道口子，山道沿着崖畔刷白的栅栏，像闪电似的蜿蜒而下。从这里瞭望下去，山下景物像是一副模型，下面可以望见艺人们的身影。走了不过一公里，我就追上他们了。可是不能突然间把脚步放慢，我装作冷淡的样子越过了那几个女人。再往前约二十米，那个男人在独自走着，他看见我就停下来。

　　"您的脚步好快呀……天已经大晴啦。"

　　我放下心来，开始同那个男人并排走路。他接连不断地向我问这问那。几个女人看见我们两个在谈话，便从后面奔跑着赶上来。

　　那个男人背着一个大柳条包。四十岁的女人抱着小狗。年长的姑娘背着包袱，另一个姑娘提着小柳条包，各自都拿着大件行李。舞女背着鼓和鼓架子。四十岁的女人慢慢地也和我谈起来了。

　　"是位高等学校的学生呢，"年长的姑娘对舞女悄悄说。我回过头来，听见舞女笑着说："是呀。这点事，我也懂得的。岛上常有学生来。"

　　这伙艺人是大岛的波浮港人。他们说，春天从岛上出来，一直在路上，天冷起来，又没有做好冬天的准备，所以在下田再停留十来天，就从伊东温泉回到岛上去。我一听说大岛这个地方，愈加感到了诗意，我又看了看舞女的美丽发髻，探问了大岛的各种情况。

　　"有好多学生到我们那儿来游泳。"舞女向结伴的女人说。

　　"是在夏天吧。"我说着转过身来。

　　舞女慌了神，像是小声回答："冬天也……"

“冬天?”

舞女还是看着结伴的女人笑。

“冬天也游泳吗?”我又说了一遍。舞女脸红起来,可是很认真的样子,轻轻地点着头。

“这孩子,糊涂虫。”四十岁的女人笑着说。

沿着河津川的溪谷到汤野去,约有十二公里下行的路程。越过山顶之后,群山和天空的颜色都使人感到了南国风光。我和那个男人继续不断地谈着话,完全亲热起来了。过了荻乘和梨本等小村庄,可以望见山麓上汤野的茅草屋顶,这时我决心说出要跟他们一起旅行到下田。他听了非常高兴。

到了汤野的小客栈前面,四十岁的女人脸上露出向我告别的神情时,他就替我说:“这一位说要跟我们结伴走哩。”

“是呀,是呀。‘旅途结成伴,世上多情谊。’像我们这些无聊的人,也还可以替您排忧解闷呢。那么,您就进来休息一下吧。”她随随便便地回答说。姑娘们一同看了我一眼,脸上没有露出一点意外的神情,沉默着,带点害羞的样子望着我。

我和大家一起走上小旅店的二楼,卸下了行李。铺席和纸醒槅扇都陈旧了,很脏。舞女从楼下端来了茶。她坐到我面前,满脸通红,手在颤抖,茶碗正从茶托上歪下来,她怕倒了茶碗,乘势摆在铺席上,茶已经洒出来了。看她那羞愧难当的样子,我愣住了。

“哎呀,真讨厌! 这孩子情窦开啦。这、这……”四十岁的女人说着,像是惊呆了似的蹙起眉头,把抹布甩过来。舞女拾起抹布,很呆板地擦着席子。

这番出乎意料的话,忽然使我对自己原来的想法加以反省。我感觉到由山顶上老婆子挑动起来的空想,一下子就破碎了。

这当儿,四十岁的女人频频地注视着我,突然说:“这位书生穿的藏青碎白花纹上衣真不错呀。”她盯着身旁的女人再三问:“这位的花纹布和民次穿的花纹是一样的，你说是吧？不是一样的花纹吗？"然后她又对我说："在家乡里，留下了一个上学的孩子，现在我想起了他。因为这花纹布和那孩子身上穿的一样。近来藏青碎白花纹布贵起来了，真糟糕。"

"上什么学校？"

"普通小学五年级。"

"哦，普通小学五年级，实在……"

"现在进的是甲府的学校。我多年住在大岛，家乡却是甲斐的甲府。"

休息了一小时之后，那个男人领我去另一家温泉旅馆。直到此刻，我只想着和艺人们住在同一家小旅店里。我们从街道下行，走过好一大段碎石子路和石板路，过了小河旁边靠近公共浴场的桥。桥对面就是温泉旅馆的院子。

我进入旅馆的小浴室，那个男人从后面跟了来。他说他已经二十四岁，老婆两次流产和小产，婴儿死了，等等。由于他穿着印有长冈温泉商号的外衣，所以我一直认为他是长冈人。而且看他的面貌和谈吐风度都是相当有知识的，我就想象着他大概是出于好奇或许爱上卖艺的姑娘，才替她们搬运行李跟了来的。

洗过澡，我立刻吃午饭。早晨八点钟从汤岛出发，而这时还不到午后三点。

那个男人临走的时候，从院子里向上望着我，和我打招呼。

"拿这个买些柿子吃吧。对不起，我不下楼啦。"我说着包了一些钱投下去。他不肯拿钱，就要走出去，可是纸包已经落在院子里，他回过头拾起来。

"这可不行啊。"他说着把纸包抛上来，落在茅草屋顶上。我又一次投下去，他就拿着走了。

从傍晚起下了一场大雨。群山的形象分不出远近，都染成一片白，前面的小河眼见得混浊了，变成黄色，发出很响的声音。我想，雨这么大，舞女们不会串街卖艺了，可是我坐不住，又进了浴室两三次。住屋微暗不明，和邻室相隔的纸槅扇开了个四方形的口子，上梁吊着电灯，一盏灯供两个房间用。

在猛烈雨声中，远方微微传来了"咚咚咚"的鼓声。我像要抓破木板套窗似的把它拉开了，探出身子去。鼓声仿佛离得近了些，风雨打着我的头。我闭上眼睛侧耳倾听，寻思鼓声通过哪里怎么到这儿来的。不久，我听见了三弦的声音，听见了女人长长的呼声，听见了热闹的欢笑声。随后我了解到艺人们被叫到小旅店对面饭馆的大厅去了，可以辨别出两三个女人和三四个男人的声音。我等待着，想那里一演完，就要转到这里来吧。可是那场酒宴热闹异常，像是要一直闹下去。女人的尖嗓门时时像闪电一般锐利地穿透暗夜。我有些神经过敏，一直敞开着窗子，痴呆地坐在那里。每次一听见鼓声，心里就亮堂堂的。

"啊，那舞女正在宴席上啊。她坐着在敲鼓呢。"

鼓声一停就使人不耐烦。我沉浸到雨声里去了。

不久，也不知道是大家在互相追逐呢还是在兜圈子舞蹈，纷乱的脚步声持续了好一会儿，然后又突然静下来。我睁大了眼睛，像要透过黑暗看出这片寂静是怎么回事。我心中烦恼，那舞女今天夜里不会被糟蹋吗？

我关上木板套窗上了床，内心里还是很痛苦。又去洗澡，胡乱地洗了一阵。雨停了，月亮露出来。被雨水冲洗过的秋夜，爽朗而明亮。我想，即使光着脚从浴室走出去，也还是无事可做。这样度过了两小时。

三

第二天上午一过九点，那个男人就到我的房间来了。我刚刚起床，邀他去洗澡。南伊豆的小阳春天气，一望无云，晴朗美丽，涨水的小河在浴室下方温暖地承受着阳光。我感到自己昨夜的烦恼像梦一样。

我对他说："昨天夜里你们欢腾得好晚啊。"

"怎么，你听见啦？"

"当然听见了。"

"都是些本地人。这地方上的人只会胡闹乱叫，一点也没趣。"

他做出若无其事的样子，我沉默了。

"那些家伙到对面的浴场来了。你瞧，他们好像注意到这边，还在笑哩。"

顺着他所指的方向，我朝河那边的公共浴场望去。有七八个人光着身子，朦胧地浮现在水蒸气里面。

忽然从微暗的浴场尽头，有个裸体的女人跑出来，站在那里，做出要从脱衣场的突出部位跳到河岸下方的姿势，笔直地伸出了两臂，口里在喊着什么。她赤身裸体，连块毛巾也没有。这就是那舞女。我眺望着她雪白的身子，它像一棵小桐树似的，伸长了双腿，我感到有一股清泉洗净了身心，深深地叹了一口气，咻咻笑出声来。她还是个孩子呢。是那么幼稚的孩子，当她发觉了我们，一阵高兴，就赤身裸体地跑到日光下来了，踮起脚，伸长了身子。我满心舒畅地笑个不停，头脑澄清得像刷洗过似的，微笑长时间挂在嘴边。

由于舞女的头发过于丰盛，我一直认为她有十七八岁。再加上她被打扮成妙龄女郎的样子，我的猜想就大错特错了。

我和那个男人回到我的房间，不久，那个年长的姑娘到旅馆的院子里来看菊花圃。舞女刚刚走在小桥的半当中。四十岁的女人从公共浴场出来，朝她们两人的方向望着。舞女忽然缩起了肩膀，想到会挨骂的，还是回去的好，就露出笑脸，加快脚步往回走。四十岁的女人来到桥边，扬起声来叫道："您来玩啊！"

年长的姑娘也同样说着："您来玩啊！"她们都回去了。可是那个男人一直坐到傍晚。

夜里，我正和一个卸下了纸头的行商下围棋，突然听见旅馆院子里响起了鼓声。我马上就要站起身来。

"串街卖艺的来了。"

"哼哼，这些角色，没道理。喂，喂，该你下子啦。我已经下在这里……"

纸商指点着棋盘说。他入迷地在争胜负。

在我心神恍惚的当儿，艺人们似乎就要回去了，我听见那个男人从院子里喊了一声："晚上好啊！"

我到走廊里向他招手。艺人们悄声私语了一阵，然后转到旅馆门口。三个姑娘随在那个男人身后，顺序地道了一声"晚上好"，在走廊上垂着手，像艺伎的样子行了礼。我从棋盘上看出我的棋快要输了。

"已经没办法了。我认输。"

"哪里会输呢？还是我这方不好啊。怎么说也还是细棋。"

纸商一眼也不朝艺人那边看，一目一目地数着棋盘上的目数，愈加小心在意地下着子。女人们把鼓和三弦摆在房间的墙角里，就在象棋盘上玩起五子棋来。这时我本来赢了的棋已经输了，可是纸商仍然死乞白赖地要求说："怎么样？再下一盘，再请你下一盘。"

但是我一点意思也没有，只是笑了笑。纸商断了念，站起身走了。

姑娘们向棋盘这边靠拢来。

"今天夜里还要到哪里去巡回演出吗？"

"还想兜个圈子。"那个男人说着朝姑娘们那边看看。

"怎么样，今天晚上就到此为止，让大家玩玩吧。"

"那可开心，那可开心。"

"不会挨骂吗？"

"怎么会，就是到处跑，反正也不会有客人。"

她们下着五子棋什么的，玩到十二点钟以后才走。

舞女回去之后，我怎么也睡不着，头脑还是清醒异常。我到走廊里大声叫着："纸老板，纸老板！"

"噢！"快六十岁的老爷子从房间里跳出来，精神抖擞地答应了一声。

"今天夜里下通宵。跟你说明白。"

我这时充满非常好战的心情。

四

已经约好第二天早晨八点钟从汤野出发。我戴上在公共浴场旁边买的便帽，把高等学校的学生帽塞进书包，向沿街的小旅店走去。二楼的纸拉门整个地打开着，我毫不在意地走上去，艺人们都还睡在铺垫上。我有些慌张，站在走廊里愣住了。

在我脚跟前那张铺垫上，舞女满面通红，猛然用两只手掌捂住了脸。她和那个较大的姑娘睡在一张铺上，脸上还残留着昨晚的浓妆，嘴唇和眼角渗着胭脂。这颇有风趣的睡姿沁入我的心胸。她眨了眨眼侧转身去，用手掌遮着脸，从被窝里滑出来，坐到走廊上。

"昨晚谢谢您！"她说着，漂亮地行了礼，弄得我站在那儿不知怎么是好。

那个男人和年长的姑娘睡在一张铺上。在看到这以前，我一点都不知道这两个人是夫妇。

"非常抱歉。本来打算今天走的，可是今天晚上要接待客人，我们准备延长一天。您要是今天非动身不可，到下田还可以和您见面。我们决定住在甲州屋旅店里，您立刻就会找到的。"四十岁的女人在铺垫上抬起身子说。我感到像是被人遗弃了。

"不可以明天走吗？我预先不知道妈妈要延长一天。路上有个伴儿总是好的。明天一块走吧。"那个男人说。

四十岁的女人也接着说："就这么办好啦。特意要和您一道的，没有预先跟您商量，实在抱歉。明天哪怕落冰雹也要动身。后天是我的小宝宝在路上死去的第四十九天，我心里老是惦念着这断七的日子，一路上匆匆忙忙赶来，想在那天前到下田做断七。跟您讲这件事真是失礼，可我们倒是有意外的缘分，后天还要请您上祭呢。"

因此我延缓了行期，走到楼下去。为了等大家起床，我在肮脏的帐房间里跟旅店的人闲谈，那个男人来邀我出去散散步。从街道稍微向南行，有一座漂亮的小桥。凭着桥栏杆，他又谈起了他的身世。他说他曾经短期参加了东京一个新流派的剧团，现在也还常常在大岛港演出。他说他们的行李包里刀鞘像条腿似的拖在外面。因为在厅房里还要演堂会。大柳条包里装的是衣裳啦，还有锅子茶碗之类的生活用品。

"我耽误了自己的前程，竟落到这步田地，可是我的哥哥在甲府漂亮地成家立业了，当上一家的继承人。所以我这个人是没人要的了。"

"我一直想你是长冈温泉人呢。"

"是吗？那个年长的姑娘是我的老婆，她比你小一岁，十九啦。在旅途上，她的第二个孩子又小产了，不到一个星期就断了气，我女人的身体还没有复原。那个妈妈是她的生身母亲，那舞女是我的亲妹妹。"

"哦，你说你有个十四岁的妹妹……"

"就是她呀，让妹妹来干这种生计，我很不愿意，可是这里面还有种种缘故。"

然后他告诉我，他名叫荣吉，妻子叫千代子，妹妹叫薰子。另一个十七岁的姑娘叫百合子，只有她是大岛生人，雇来的。荣吉像是非常伤感，露出要哭的脸色，注视着河滩。

我们回来的时候，洗过了脂粉的舞女正蹲在路边拍着小狗的头。我表示要回自己的旅馆里去。

"你去玩啊。"

"好的，可是我一个人……"

"你跟哥哥一道去嘛。"

"我马上去。"

没多久，荣吉到我的旅馆来了。

"她们呢?"

"女人们怕妈妈唠叨。"

可是我们刚一摆五子棋，几个女人已经过了桥，急急忙忙上楼来了。像平素一样，她们殷勤地行了礼，坐在走廊上踌躇着，第一个站起来的是千代子。

"这是我的房间。请别客气，进来吧。"

艺人们玩了一小时，到这个旅馆的浴室去。她们一再邀我同去，可是已有三个年轻女人在，我推托说随后就来。后来，舞女马上又一个人跑上来，转告了千代子的话:"姐姐说，要你去，给你擦背。"

我没有去，跟舞女下五子棋。她下得意外的好，同荣吉和别的女人们循环赛，她可以不费力地胜过他们。五子棋我下得很好，一般人下不过我。跟她下，用不着特意让一手，心里很愉快。因为只有我们两个人，起初她老远地伸手落子，可是渐渐她忘了形，专心地俯身到棋盘上。她那头美得有些不自然的黑发都要碰到我的胸部了。突然，她脸一红。

"对不起，要挨骂啦!"她说着把棋子一推，跑出去了。这时，妈妈站在公共浴场前面。千代子和百合子也慌忙从浴室出来，没上二楼就逃了回去。

这一天，荣吉在我的房间里从早晨玩到傍晚。纯朴而似乎很亲切的旅馆女掌柜忠告我说，请这样的人吃饭是白浪费。

晚上我到小旅店去，舞女正跟妈妈学三弦。她看到我就停下了，可是，听了妈妈的话又把三弦抱起来。每逢她的歌声略高一些，妈妈就说:"我不是说过，用不着提高嗓门吗?"

荣吉被对面饭馆叫到二楼厅房去，正在念着什么，从这里可以看得见。

"他念的是什么?"

"谣曲呀。"

"好奇怪的谣曲。"

"那是个卖菜的，随你念什么，他也听不懂。"

这时，住在小旅店里的一个四十岁上下的鸟店商人打开了纸榈扇，叫几个姑娘去吃菜。舞女和百合子拿着筷子到隔壁房间去吃鸟店商人剩下的鸡肉火锅。她们一起回这个房间时，鸟店商人轻轻拍了拍舞女的肩膀。

妈妈露出了一副很凶的面孔说："喂喂，不要碰这孩子，她还是个黄花闺女啊。"

舞女叫着"老伯伯、老伯伯"，求鸟店商人给她读《水户黄门漫游记》。可是鸟店商人没多久站起身来走了。她一再说"给我读下去呀"，可是这话她不直接跟我说，好像请妈妈开口托我似的。我抱着一种期望，拿起了通俗故事本。舞女果然赶忙靠到我身边。我一开口读，她就凑过脸来，几乎碰到我的肩头，表情一本正经，眼睛闪闪发光，不眨眼地一心盯住我的前额。这似乎是她听人家读书的习气，刚才她和鸟店商人也几乎把脸碰在一起，这个我已经见过了。这双黑眼珠的大眼睛闪着美丽的光辉，是舞女身上最美的地方。双眼皮的线条有说不出的漂亮。其次，她笑得像花一样——笑得像花一样这句话用来形容她是逼真的。

过了一会儿，饭店的侍女来接舞女了。她换了衣裳，对我说："我马上就回来，等我一下，还请接着读下去。"

她到外面走廊里，垂下双手行着礼说："我去啦。"

"你可千万不要唱歌呀。"妈妈说。她提着鼓微微地点头。妈妈转过身来对我说："现在她正在变嗓子。"

舞女规规矩矩地坐在饭馆的二楼上，敲着鼓。从这里看去，她的后影好像就在隔壁的厅房里。鼓声使我的心明朗地跃动了。

"鼓声一响，满房里就快活起来了。"妈妈望着对面说。

千代子和百合子也同样到那边大厅去了。

过了一小时的工夫，四个人一同回来。

"就是这么点……"舞女从拳头里向妈妈的手掌上倒出了五角零碎的银币。我又读了一会儿《水户黄门漫游记》。他们又谈起了旅途上死去的婴儿，据说，那孩子生下来像水一样透明，连哭的力气都没有，可是还活了一个星期。

我仿佛忘记了他们是巡回艺人之类的人，既没有好奇心，也不加轻视，这种很平常的对他们的好感，似乎沁入了他们的心灵。我决定将来什么时候到他们大岛的家里去。他们彼此商量着："可以让他住在老爷子的房子里。那里很宽敞，要是老爷子让出来，就很安静，永远住下去也没关系，还可以用功读书。"然后他们对我说："我们有两座小房子，靠山那边的房子是空着的。"

而且说，到了正月里，他们要到波浮港去演戏，可以让我帮帮忙。

我逐渐了解到，他们旅途上的心境并不像我最初想象的那么艰难困苦，而是带有田野气息的悠闲自得。由于他们是老小一家人，我更感到有一种骨肉之情维系着他们。只有雇来的百合子老是羞羞怯怯的，在我的面前闷声不响。

过了夜半，我离开小旅店，姑娘们走出来送我。舞女给我摆好了木屐。她从门口探出头来，望了望明亮的天空。

"啊，月亮出来啦……明天到下田，可真高兴啊，给小孩做断七，让妈妈给我买一把梳子，然后还有好多事情要做哩。你带我去看电影好吧?"

对于沿伊豆地区相模川各温泉场串街的艺人来说，下田港这个城市总是像旅途的故乡一样飘浮着使他们恋恋不舍的气息。

五

艺人们像越过天城山时一样，各自携带着原来的行李。妈妈用手腕子搂着小狗的前脚，它露出惯于旅行的神情。走出汤野，又进入了山区。海上的朝日照耀着山腰。我们眺望着朝日的方向。河津的海滨在河津川的前方明朗地展开了。

"那边就是大岛。"

"你看它有多么大，请你来呀！"舞女说。

也许是由于秋季的天空过于晴朗，临近太阳的海面像春天一样笼罩着一层薄雾。从这里到下田要走二十公里路。一时间海面时隐时现。千代子悠闲地唱起歌来。

路上他们问我，是走比较险峻可是约两公里的爬山小道呢，还是走方便的大道。我当然要走近路。

林木下铺着落叶，一步一滑，道路陡得挨着胸头，我走得气喘吁吁，反而有点豁出去了，加快步伐，伸出手掌拄着膝盖。眼看着他们一行落在后面了，只从树木中间听到他们的话声。舞女一个人高高地提起下摆，紧紧地跟着我跑。她走在后面，离我一两米远，既不想缩短这距离，也不想再落后。我回过头去和她讲话，她好像吃惊的样子，停住脚步微笑着答话。舞女讲话的时候，我等在那里，希望她赶上来，可是她也停住脚步，要等我向前走她才迈步。道路曲曲折折愈加险阻了，我越发加快了脚步，可是舞女一心地攀登着，依旧保持着一两米的距离。群山静寂。其余的人落在后面很远，连话声也听不见了。

"你在东京家住哪儿？"

"没有家，我住在宿舍里。"

"我也去过东京，赏花时节我去跳舞的。那时还很小，什么也不记得了。"

然后她问东问西："你父亲还在吗？""你到过甲府吗？"等等。她说到了下田要去看电影，还谈起那死了的婴儿。

这时来到了山顶。舞女把鼓卸在枯草丛中的凳子上，拿手巾擦汗。她要掸掸脚上的尘土，却忽然蹲到我的脚边，抖着我裙子的下摆。我赶忙向后退，她不由得跪了下来，弯着腰替我浑身掸尘，然后放下裙子下摆，对站在那里呼呼喘气的我说："请您坐下吧。"

就在凳子旁边，成群的小鸟飞来了。四周那么寂静，只听见停着小鸟的树枝上枯叶沙沙地响。

"为什么要跑得这么快？"

舞女像是觉得身上热起来。我用手指咚咚地叩着鼓，那些小鸟飞走了。

"啊，想喝点水。"

"我去找找看。"

可是舞女马上又从发黄的丛树之间空着手回来了。

"你在大岛的时候做些什么？"

这时，舞女很突然地提出了两三个女人的名字，开始谈起一些没头没脑的话。她谈的似乎不是在大岛而是在甲府的事，是她上普通小学二年级时小学校的一些朋友，她想到什么就说什么。

等了约十分钟，三个年轻人到了山顶，妈妈更落后了十分钟才到。

下山时，我和荣吉特意迟一步动身，慢慢地边谈边走。走了约一里路后，舞女又从下面跑上来。

"下面有泉水，赶快来吧，我们都没喝，在等着你们呢。"

我一听说有水就跑起来。从树荫下的岩石间涌出了清凉的水。女人们都站在泉水的四周。

"快点，请您先喝吧。我怕一伸手进去会把水弄浑了，跟在女人后面喝，水就脏啦。"妈妈说。

我用双手捧着喝了冷冽的水。女人们不愿轻易离开那里，拧着手巾，擦掉汗水。

下了山一走进下田的街道，出现了好多股烧炭的烟。大家在路旁的木头上坐下来休息。舞女蹲在路边，用桃红色的梳子在梳小狗的长毛。

"这样不把梳子齿弄断了吗？"妈妈责备她说。

"没关系，到下田反正要买把新的。"

在汤野的时候，我就打算向舞女讨这把插在她前发上的梳子，所以我认为不该用它梳狗毛。

道路对面堆着好多捆细竹子，我和荣吉谈起正好拿它们做手杖用，就抢先一步站起身来。舞女跑着赶上来，抽出一根比她还长的粗竹子。

"你干什么？"荣吉问她。她踌躇了一下，把那根竹子递给我。

"给你做手杖。我挑了一根挺粗的。"

"不行啊！拿了粗的，人家立刻会看出是偷的，被人看见不糟糕吗？送回去吧。"

舞女回到堆竹子的地方，又跑回来。这一次，她给我拿来一根有中指粗的竹子。接着，她在田埂上像背脊给撞了一下似的，跌倒在地，很难受地喘着气等待那几个女人。

我和荣吉始终走在前头十多米。

"那颗牙可以拔掉，换上一颗金牙。"忽然舞女的声音送进我的耳朵里来。回过头一看，舞女和千代子并排走着，妈妈和百合子稍稍靠后一些。千代子好像没有注意到我在回头看，继续说："那倒是的。你去跟他讲，怎么样？"

她们好像在谈我，大概千代子说我的牙齿长得不齐整，所以舞女说可以换上金牙。她们谈的不外乎容貌上的话，说不上对我有什么不好，我都不想竖起耳朵听，心里只感到亲密。她们还在悄悄地继续谈，我听见舞女说：

"是个好人哪。"

"是啊，人倒是很好。"

"真正是个好人。为人真好。"

这句话听来单纯而又爽快，是幼稚得顺口流露出感情的声音。我自己也能天真地感到我是一个好人了。我心情愉快地抬起眼来眺望着爽朗的群山。眼睑里微微觉着痛。我这个二十岁的人，一再严肃地反省到自己由于孤儿根性养成的怪脾气，我正因为受不了那种令人窒息的忧郁感，这才走上到伊豆的旅程。因此，听见有人从社会的一般意义说我是个好人，真是说不出的感谢。快到下田海边，群山明亮起来，我挥舞着刚才拿到的那根竹子，削掉秋草的尖儿。

路上各村庄的入口竖着牌子："乞讨的江湖艺人不得入村。"

六

一进下田的北路口，就到了甲州屋小旅店。我随着艺人们走上二楼，头上就是屋顶，没有天花板，坐在面临街道的窗口上，头要碰到屋顶。

"肩膀不痛吧?"妈妈好几次盯着舞女问，"手不痛吗?"

舞女做出敲鼓时的美丽手势。

"不痛。可以敲，可以敲。"

"这样就好啦。"

我试要把鼓提起来。

"哎呀，好重啊!"

"比你想象的要重。比你的书包要重些。"舞女笑着说。

艺人们向小旅店里的人们亲热地打着招呼。那也尽是一些艺人和走江湖的。

下田这个港口像是这些候鸟的老窝。舞女拿铜板给那些摇摇晃晃走进房间来的小孩子。我想走出甲州屋，舞女就抢先跑到门口，给我摆好木屐，然后自言自语似的悄声说："带我去看电影啊。"

我和荣吉找一个游手好闲的人领路，把我们带到一家旅馆去，据说旅馆主人就是以前的区长。洗过澡之后，我和荣吉吃了鲜鱼的午饭。

"你拿这个去买些花，给明天忌辰上供吧。"我说着拿出个纸包，装着很少的一点钱，叫荣吉带回去，因为我必须乘明天早晨的船回东京，我的旅费已经用光了。我说是为了学校的关系，艺人们也就不好强留我。

吃过午饭还不到三小时就吃了晚饭，我独自从下田向北走，过了桥。我登上下田的富士山，眺望着港湾。回来的路上顺便到了甲州屋，看见艺人们正在吃鸡肉火锅。

"哪怕吃一日不也好吗？女人们用过的筷子虽然不干净，可是过后可以当作笑话谈。"妈妈说着，从包裹里拿出小碗和筷子叫百合子去洗。

大家又都谈起明天恰好是婴儿的第四十九天，请我无论怎样也要延长一天再动身，可是我拿学校做借口，没有应允。妈妈翻来覆去地说：

"那么，到冬天休假的时候，我们大家到船上去接您。请先把日期通知我们，我们等着。住在旅馆里多闷人，我们到船上去接您。"

屋里只剩下千代子和百合子的时候，我邀她们去看电影。千代子用手按着肚子说："身子不舒服，走了那么多的路，吃不消啦。"她脸色苍白，身体像是要瘫下来了。百合子拘谨地低下头去。舞女正在楼下跟小旅店的孩子们一起玩。她一看到我，就去央求妈妈准许她去看电影，可是接着垂头丧气的，又回到我身边来，给我摆好了木屐。

"怎么样，就叫她一个人陪了去不好吗？"荣吉插嘴说。但是妈妈不应允。为什么带一个人去不行呢，我实在想不透。我要走出大门口的时候，舞女正在抚摸着小狗的头。她那种疏远冷淡的神情，使我对她难以开口讲话。她连抬起头来看我一眼的气力好像都没有了。

我独自去看电影。女讲解员在灯泡下面念着说明书。我立即走出来回到旅馆去。我把胳膊肘拄在窗槛上，好久好久眺望着这座夜间的城市，城市黑魆魆的。我觉得从远方微微地不断传来了鼓声。眼泪无端地扑簌簌落下来。

七

出发的早晨七点钟，我正在吃早饭，荣吉就在马路上招呼我了。他穿着印有家徽的黑外褂，似乎为了给我送行穿上礼服。女人们都不见，我立即感到寂寞。

荣吉走进房间说："本来大家都想来送行的，可是昨天夜里睡得很迟，起不了床，叫我来道歉，并且说冬天等着您，一定要请您来。"

街上秋天的晨风是冷冽的。荣吉在路上买了柿子、四包敷岛牌香烟和熏香牌口中清凉剂送给我。

"因为我妹妹的名字叫薰子，"他微笑着说，"在船上吃橘子不大好，柿子对于晕船有好处，可以吃的。"

"把这个送给你吧。"

我摘下便帽，叫荣吉戴在头上，然后从书包里取出学生帽，拉平皱褶，两个人都笑了。

快到船码头的时候，舞女蹲在海滨的身影扑进我的心头。在我们靠近她身边以前，她一直在发愣，沉默地垂着头。她还是昨夜的化妆，愈加动了我的感情，眼角上的胭脂使她那像是生气的脸上显出一股幼稚的严峻神情。

荣吉说："别的人来了吗？"

舞女摇摇头。

"她们还都在睡觉吗?"

舞女点点头。

荣吉去买船票和舢板票的当儿,我搭讪着说了好多话,可是舞女往下望着运河入海的地方,一言不发。只是我每说一句还没有说完,她就连连用力点头。

这时,有一个小工打扮的人走过来,听他说:"老婆婆,这个人可不错。"

"学生哥,你是去东京的吧,打算拜托你把这个婆婆带到东京去,可以吗?蛮可怜的一个老婆婆。她儿子原先在莲台寺的银矿做工,可是倒霉,碰上了这次流行感冒,儿子和媳妇都死啦,留下了这么三个孙子。怎么也想不出好办法,我们商量着还是送她回家乡去。她家乡在水户,可是老婆婆一点也不认识路。到了灵岸岛,请你把她送上开往上野去的电车就行啦。麻烦你呀,我们拱起双手重重拜托。唉,你看到这种情形,也要觉得可怜吧。"

老婆婆痴呆呆地站在那里,她背上绑着一个奶娃儿,左右手各牵着一个小姑娘,小的大概三岁,大的不过五岁的样子。从她那龌龊的包袱皮里,可以看见有大饭团子和咸梅子。五六个矿工在安慰着老婆婆。我爽快地答应了照料她。

"拜托你啦。"

"谢谢啊!我们本应当送她到水户,可是又做不到。"

矿工们说了这类话各自向我道谢。

舢板摇晃得很厉害,舞女还是紧闭双唇向一边凝视着。我抓住绳梯回过头来,想说一声再见,可也没说出口,只是又一次向她点了点头。舢板回去了。荣吉不断地挥动着刚才我给他的那顶便帽。离开很远之后,才看见舞女开始挥动白色的东西。

轮船开出下田的海面,伊豆半岛南端渐渐在后方消失,我一直倚着栏杆,一心一意地眺望海面上的大岛。我觉得跟舞女的离别仿佛是很久很久以前的事了。老婆婆怎么样啦?我探头向船舱里看,已经有好多人围坐在她身旁,似乎在百般安慰她。我安下心来，走进隔壁的船舱。相模滩上风浪很大，一坐下来，就常常向左右歪倒。船员在到处分发小铁盆。我枕着书包躺下了。头脑空空如也，没有了时间的感觉。泪水扑簌簌地滴在书包上，连脸颊都觉得凉了，只好把枕头翻转过来。我的身旁睡着一个少年。他是河津一个工场老板的儿子，前往东京准备投考，看见我戴着第一高等学校的学生帽，对我似乎很有好感。谈过几句话之后，他说："您遇到什么不幸的事吗?"

"不，刚刚和人告别。"我非常坦率地说。让人家见到自己在流泪，我也满不在乎。我什么都不想，只想在安逸的满足中静睡。

海上什么时候暗下来我也不知道，网代和热海的灯光已经亮起来。皮肤感到冷，肚里觉得饿了，那少年给我打开了竹皮包着的菜饭。我好像忘记了这不是自己的东西，拿起紫菜饭卷就吃起来，然后裹着少年的学生斗篷睡下去。我处在一种美好的空虚心境里，不管人家怎样亲切对待我，都非常自然地承受着。我想明天清早带那老婆婆到上野车站给她买票去水户，也是极其应当的。我感到所有的一切都融合在一起了。

船舱的灯光熄灭了。船上载运的生鱼和潮水的气味越来越浓。在黑暗中，少年的体温暖着我，我听任泪水向下流。我的头脑变成一泓清水，滴滴答答地流出来，以后什么都没有留下，只感觉甜蜜的愉快。

鉴评：正孵化而出的小爱情

　　我在想，如果把少年人初次滋生出来的爱意比喻为正在孵化而出的小鸡，是否会亵渎圣洁的感情，有污大雅之堂？

　　这小鸡刚刚出壳，它打开自己的眼睛，天真地看着这个陌生而有吸引力的世界，它探头探脑，一副怯生生的神情，它还不敢起步，甚至不知如何起步，其"自我选择"的意识还是茫然的一片空白，它娇嫩柔弱，似乎一阵微风就可以把它吹倒，且不说它遭到了阻力、障碍以及意外的打击会是怎样了。

　　很对不起《伊豆的舞女》这一日本文学史上的名篇，当我读它的时候，脑子里不由得浮现出这样一幅形象。

　　这个青年学生在徒步旅行中遇见了几个江湖流浪艺人，其中一个小舞女特别引起了他的注意，他在途中的行止，总不自觉地与他们不约而同。从这里，我们知道他产生了通常意义上的爱情，同样，我们从小舞女第一次向他送茶时的娇羞之态，也看出了她内心滋生出了爱悦之情。

但是，这是一种刚刚出世的爱情，一种雏形的爱情，它具有新生儿形态尚不完备的特点，它还没有完全从其他相近的感情中完全分离、完全独立出来，还与欣喜、友好、亲切、好感这些感情混在一起。作为一种独立的爱情，它还有点混沌、有点朦胧，你看，这个青年学生似乎只感受着一种结伴而行的欣喜与愉快，而这个小舞女对他的感情似乎也仅止于她所说的那句评语，"他是个好人哪"。

　　这种爱情是怯生生的，它朴素、天真、幼稚，它只会在日常生活最平凡不过的细节中，在人与人接触关系最程式化的形式上自然而然、情不自禁地渗透而出：在结伴而行的路上照着面说两句普普通通的话，或者表示一点点善意与关心，似乎是这种爱情唯一知道攀附与寄寓的主要形式。除此以外，它还不懂得如何越雷池一步，如何进一步温情脉脉、眉目传情地表示爱意，如何采取爱的行动，可以说，它是一种无能造就一个爱情故事的爱情，就像刚孵出的小鸡还不会迈出像样的几步。

　　这是一种在现实生活中还缺乏生存能力的爱情，由于它的新生稚弱，由于它的混沌朦胧，它更不知道如何延续自己的存在，如何绕过现实生活中的障碍，如何发展壮大自己，你看，四天的结伴而行到了尽头，青年学生必须回学校去了，他们也就自然而然地分手了，在两人的关系中只留下了隐隐约约的若干情愫。

　　这就是我们所看到的少男少女纯真初恋的情态，它就像一株刚破土的幼苗，鲜绿得沁人心脾；它就像刚出生的小鸡，稚气得令人怜爱。

　　在一篇写这种情态的小说里，人们自然不会见到值得一提的情节，而只见旅途生活的一些细节与琐事，整篇小说就像是朴实的散文，但是，人物那纯真之爱的缕缕纤细情思，却无时不缭绕在这些琐事细节上，就像春雨一样"润物细无声"。这场静悄悄的一片朦胧，似有似无的春雨的力量可谓大矣，青年学子经它一沐浴，整个身心似乎就洗涤一新，原来单独来伊豆旅行的孤寂感、忧郁感消除了，最后，心里充满了柔情，头脑里像盛着一泓清水，陶然忘机，只感受到"甜蜜的愉快"，以至于在他眼里"所有一切都融合在一起了"，正是在这种和谐向上的精神状态中，他爽快地在返校的旅途上承担了照顾几个孤苦老小的义务。

小说是以作者十九岁时亲身的一段经历感受为基础创作而成，朴实无华的形式完美表现了纯真清新的感情，难怪被日本人视为文学史上的名篇。

琴声如诉

[法国] 玛格丽特·杜拉斯
王道乾 译

作者简介

　　玛格丽特·杜拉斯（1914—1996），法国当代著名女作家，生于一个教师家庭，在印度支那度过童年与少年时代，18 岁赴巴黎求学，早年在政府部门供职，第二次世界大战时期，参加过抵抗运动，20 世纪 40 年代开始文学创作，不断有重要作品问世：《太平洋堤坝》《直布罗陀海峡的水手》《琴声如诉》《广岛之恋》《长别离》《悠悠此情》。1965 年以后，她自编自导了多部影片，成为法国电影界重要流派"左岸派"的杰出代表人物之一。

—

　　"琴谱上写的两个字，你念念看？"钢琴女教师说。

　　"Moderato cantabile."小孩回答。

　　老师听小孩这样回答，拿铅笔在琴键上点了一点。小孩一动不动，转过头来仍然看着他的乐谱。

"Moderato cantabile 是什么意思？"

"不知道。"

坐在离他们三米远的一个女人，叹了一口气。

"Moderato cantabile 是什么意思，你真不知道？"老师又问。

小孩不回答。老师又拿铅笔敲了一下琴键，无能为力地叫了一声，声音是抑制住的。小孩连眉毛也一动不动。老师转过身来，说："戴巴莱斯特太太，您看这孩子。"

安娜·戴巴莱斯特太太又叹了一口气。

"您这是对谁说的呀？"她说道。

小孩仍然不动，眼睛低低垂下，独自在想：已经是傍晚的时候了，想到这里，他有点打战。

"上次我给你说过，上上次也告诉过你，我给你讲过有一百遍，你肯定不知道？"

小孩认为还是不回答为好。老师把她面前这个对象再次打量了一下。她更加生气了。

"又来了，又来了。"安娜·戴巴莱斯特悄声说。

"明摆着嘛，"教师继续说，"明摆着嘛，就是不肯回答。"

安娜·戴巴莱斯特也把孩子从头到脚打量了一番，只是方式和教师有所不同。

"你快说呀！"教师尖声叫起来。

小孩丝毫没有感到吃惊的表示。他不出声，始终不回答。教师第三次敲打琴键，用力太猛，铅笔敲断了，就在小孩两只手的旁边。小孩圆滚滚的两只小手，还是乳白色的，就像含苞待放的花蕾一样。小手紧紧攥在一起，一动不动。

"真是一个难弄的孩子。"安娜·戴巴莱斯特说这句话，并非不带有某种胆怯气馁的意味。

小孩听到这句话，转过脸去看了她一眼。他这动作极快，只要看到她在也就放心了，时间不过是转瞬之间。随后，他又恢复他那作为一个对象的姿态，眼睛看着琴谱。他的手仍然紧紧捏在一起。

"我才不想知道他是不是难弄，戴巴莱斯特太太，"女教师说，"不管难弄不难弄，总该听话呀，否则，那怎么行？"

她这些话讲过之后，从敞开的窗口，大海的声响一拥而入。微弱的闹声同时也拥进窗来。全城这时正处在春天下午最好的时刻。

"最后一次问你，你是不是一定不知道？"

一条小快艇出现在打开的窗口上，在缓缓移动。小孩本已转过脸去看琴谱，微微动了一下——只有他母亲察觉到他动了一下。游艇弄得他心神不安。低沉的马达声全城都可以听到。在游艇这里是难得看到的。晚霞把整个天空染成了红色。一些小孩站在码头上眺望着大海。

"当真，最后一次问你，你肯定不知道？"

小快艇还在窗前移动着。

小孩是这样固执，教师不禁为之震惊。她的怒气也退下来了，本来她采取某种动作是可以强使这个小孩开口回答的，可是小孩根本不把她放在眼里，竟弄得她灰心丧气，一时间她只觉自己的命运是这样荒凉无告。

"干这一行，干这一行，算是什么职业哟。"她苦苦叹息着。

安娜·戴巴莱斯特也不说话，只是稍稍俯下头，似乎是在表示同感。

小快艇终于在窗框之间滑过去看不见了。小孩默不出声，潮声显得更响，而且无处不在。

"Moderato 是什么意思？"

小孩张开他的小手，伸到小腿上，轻轻搔了一下。他这个动作是无意的、轻快的，对这样一个动作大概老师也是无从责备的。

"我不知道。"搔过痒之后，他这样回答。

落日的余晖这时一下变得五色缤纷，十分耀眼，这小孩的金黄色头发也发出异样的色调。

"并不难嘛。"女教师说，她的态度比较平静了一些。

她拿出手帕擤鼻涕，擤了很久。

"看我这孩子哟，"安娜·戴巴莱斯特满心欢喜地说，"我怎么生了这样一个孩子，怎么会生出这么一个倔强的孩子……"

女教师认为指摘这种骄傲情绪似乎也可以不必。

她已经被压倒了。她对小孩说："已经告诉你一百遍了，moderato 是中速的意思，cantabile，像唱歌那样，两个词合在一起就是像唱歌那样的中板。"

"像唱歌那样的中板。"小孩说，完全是无动于衷的样子。

教师转过身来。

"哎呀，我真可以向您发誓。"

"可怕，可怕，"安娜·戴巴莱斯特笑着说，"固执得像一只山羊，可怕，可怕。"

"再说一遍。"女教师说。

小孩不出声。

"我说，再重复一遍。"

小孩仍然不动。在这固执的沉默中，海潮的声响又在耳边响起来。天上的晚霞在最后一次迸发中也变得更加浓重。

小孩说："我不要学钢琴。"

在大楼下面街上，传来一个女人的呼叫声。这悠长的叫声一直传到楼上，把海潮的声音打断。紧接着，叫声突然中断。

"这是怎么回事？"小孩叫道。

"有什么事情发生了。"女教师说。

海潮声又在耳边回荡。晚霞开始变得灰暗。

"没什么，没有事。"安娜·戴巴莱斯特说。

她连忙从椅子上站起来，往钢琴那边走去。

"真是神经过敏。"女教师不以为然地看着他们这样说。

安娜·戴巴莱斯特抱住孩子的肩膀，把他紧紧搂在怀里，弄得他很痛。她几乎是在喊着："要学琴，要学，一定要学。"

小孩由于同样的原因，也是因为害怕，在发抖。

"我不喜欢钢琴。"他喃喃地说。

这时，继最初那一声叫喊，又有各种各样的叫声传来。人声嘈杂，证明刚刚的确发生了什么事故。钢琴课还在继续。

安娜·戴巴莱斯特不停地说："应该学琴，应该学，要学。"

女教师摇着头，对这种温情很不以为然。

暮色开始掠过海面。天空上的色彩渐渐变得灰暗。只有西边天际还有一抹红色。那红色也在逐渐消褪。

"为什么?"小孩问。

"亲爱的，音乐……"

小孩从容地等了一会儿，他想要理解，但是他弄不懂，不过，他还是接受了。

"好吧。可是下边是谁在叫?"

女教师说："我在等着。"

小孩开始弹琴。在窗下，在码头上，人声嘈杂。但是琴声掩盖了下面人群乱纷纷的闹声。

"您看，您看，"安娜·戴巴莱斯特愉快地说，"弹起来了，弹起来了。"

"只要他愿意，他是可以弹得好的。"女教师说。

小孩把一段小奏鸣曲弹完。乐声一停，楼下的喧闹声又拥进房间，那声音是无法抗拒的。

"到底是怎么一回事?"小孩又问。

"再弹一遍，"教师对他说，"不要忘记：Moderato cantabile，就好像是谁给你唱一支催眠曲一样，记住就行。"

安娜·戴巴莱斯特说："我是从来不给他唱的。今天晚上他会要我唱，他总有办法弄得我非唱不可。"

教师无意去听她说。小孩开始再弹迪阿贝利[1]的小奏鸣曲。

教师大声说："降 b 小调，你总是忘记。"

男男女女急切杂乱的闹声越来越大，从下面码头直往上冲。好像是讲着同一件事情，但听不真切。钢琴不顾一切地弹下去。这一回是这位女教师坚持不下去了，她中途打断，叫道："停下来，停下来。"

小孩住手不弹。

女教师侧过身去对安娜·戴巴莱斯特说："真的，是有什么严重的事情发生了。"

他们三人一起走到窗前。在下面码头的左侧，距离大楼有二十米远，在一家咖啡馆门前，围着一大群人。附近几条街上还有人跑来，人很多，团团围在咖啡馆门前一群人的四周。所有的人都在往咖啡馆里面张望。

女教师说："哎呀，这个地区……"她又回过身去，抓住小男孩的胳膊，"快，快去再弹一遍，最后一遍，在刚才停下来的地方接下去弹。"

"到底是怎么一回事?"

"弹你的曲子去。"

小孩弹琴。他按照刚才那样的节奏继续弹下去。这一课快要结束了。他按

1　迪阿贝利（Diabelli, 1781—1858），奥地利作曲家。

照要求把像唱歌那样的中板很细致地继续弹下去。

"照这样听话，我倒觉得有点讨厌了，"安娜·戴巴莱斯特说，"您看，我究竟想要怎么样我自己也不清楚。真是活受罪。"

小孩继续弹琴，弹得很好。

"戴巴莱斯特太太，您看您给他的是什么教育。"女教师讲出这样的看法，心情似乎是愉快的。

这时，小孩不弹了。

"你为什么停下来?"

"我以为……"

他只好按照要求，继续把小奏鸣曲弹下去。下面嗡嗡声越来越吵，即使在大楼上面，吵闹声也变得很响，乐声也给掩盖下去了。

"降 b 小调，不要忘记，"女教师说，"不要搞错，这就对了，很好，是吧。"

小奏鸣曲在展开，扩大开来，又一次弹到最后一个和弦。时间已经到了。女教师宣布今天上课到此结束。

她说："戴巴莱斯特太太，您带这个孩子，将来可要遇到不少困难。我这是直率地对您说的。"

"已经够困难的了，他可把我磨死了。"

安娜·戴巴莱斯特低着头，两眼紧紧闭起，沉陷在某种永无休止的生儿育女的痛苦的微笑之中。在大楼下面，还有几声叫喊，还有一些现在可以听得清的呼唤声，说明下面发生的还不太清楚的事件现在已经接近尾声。

"究竟是怎么一回事，明天就会弄清楚的。"女教师说。

小孩急忙奔到窗前。

"汽车开来了。"他说。

一大群人挤在咖啡馆进口两侧，人越聚越多；不过，从邻近街道拥出的人已经减少；一下有这么多人拥到一起，是料想不到的。城里人口在增多。这时，人们突然散开，中间让出一条通道，让一辆运尸车开进去。车上下来三个人，进了咖啡馆。

有人说："是警察。"

安娜·戴巴莱斯特问发生了什么事。

"有一个人给杀死了，是一个女人。"

她把孩子领到女教师吉罗小姐住的那座大楼的门廊前，叫他在这里等着，她自己又回到咖啡馆门前，钻到人群里面去，一直挤到最靠里的一排人那里，这些人一动不动站在敞开的玻璃窗前正在往里面张望。在咖啡馆里面底部，在后厅半明半暗的地方，有一个女人直僵僵躺在地上。还有一个男人，趴在那个女人的身上，抓住她的两肩，在静静地喊着那个女人。

"我的亲人啊。我亲爱的人啊。"

他的脸转过来，看着这边正在看热闹的人，这时大家才看清他那两个眼睛。他的眼睛，除了表现出对这个世界，对他的欲望被粉碎但又不可能被毁灭、完全反常的表情以外，没有任何其他表情。警察走进咖啡馆。老板娘神色黯然地站在柜台边上，正在迎候。

"我催了你们三次了。"

"不幸的女人。"有人这样说。

"为什么？"安娜·戴巴莱斯特问。

"不清楚。"

那个男人在神志不清的状态下，就在那个直挺挺躺在那里的女人身上滚来滚去。一个警官抓住他的手臂，一把把他拉起来。他也听任人家就这样把他拉起来。因为自尊心对他显然是已经不存在了。他那一直失神的眼光只顾盯着警官看。警官把他放开，从衣袋里取出记录簿、铅笔，问他姓名、身份。警官在等着。

"先不忙，用不着，我现在不回答问题。"那个男人说。

警官也不坚持，走过去找他的那些同事。他们坐在后厅最后一张台子上，正在向老板娘问话。

那个男人坐到死去的女人身旁，抚摩她的头发，对她微笑。一个青年匆匆跑到咖啡馆门前，脖子上还吊着一架照相机，进去给那个坐在地上笑着的人拍照。镁光灯一闪之下，可以看出那女人年纪很轻，在她嘴上还有几条混乱交错的细细的血流，血还在往下流，那个男人吻过她，所以他脸上也有血迹。人群当中有人说："真叫人恶心。"他转身走开了。

那男人紧挨着女人又侧身躺下去，不过他只躺了一下，很快又坐起来，好像这样就已经把他弄得筋疲力尽了。

"不要让他跑掉。"老板娘叫道。

那个男人坐起来，仅仅是为了更贴紧女尸再睡下去。他显然已经决意要这样待下去，他两臂又紧紧抱住女人，脸紧贴着她的脸，把脸埋在女人嘴里涔涔流出的血污之中。

警官根据老板娘的谈话做了笔录。然后这三位警官，面孔一律是极其厌恶的表情，朝着那个男人一步一步不紧不慢地走过去。

小孩很乖地坐在吉罗小姐大楼的门廊下，样子有点发呆。他还在哼着迪阿贝利的小奏鸣曲。

"没什么，好了，"安娜·戴巴莱斯特说，"现在该回家了。"

小孩跟着她走了。派来支援的警察这时开到——不过太晚了，已经没有必要了。这些警察刚刚走到咖啡馆门前，正好那个男人夹在警官中间从咖啡馆走出来。看热闹的人默默让开一条路，让他走过去。

"不是他喊的，"小孩说，"他，他没有喊。"

"不是他。别看了。"

"告诉我到底是怎么回事。"

"我也不清楚。"

那个男人顺从地一直走到运尸车前面。但是，就在运尸车前，他不声不响地反抗了一次，他从警官身边逃走，转身就往咖啡馆拼命跑去。当他快要跑到咖啡馆的时候，咖啡馆已经关灯打烊。他马上收住脚步，又跟着警官折回，来到运尸车这里，爬上车去。这时，他也许哭了，不过天已经很暗，只能看到他血淋淋、哆哆嗦嗦、难看的面孔，是不是在流泪无法看清。

走在滨海大道上，安娜·戴巴莱斯特对小孩说："无论如何，你一定要记住。Moderato，意思就是中速、中板；cantaile，意思是像唱歌那样。很容易嘛。"

二

第二天，在城区的另一头，工厂浓烟滚滚；他们母子二人每星期五都要到这一地区来的时间已经过了，这时，安娜·戴巴莱斯特叫她的孩子："快走，快走。"

他们沿着滨海大道走着。在滨海大道上，已经有人在散步了，甚至还有几个去游泳的人。

小孩每天都跟着母亲到城里游逛，已经习以为常。所以不论带他到哪里去都行。可是，当他们走过第一道防波堤，来到第二拖船停泊港，这就到了吉罗小姐住的那座大楼里，小孩大吃一惊。

"为什么到这里来?"

"为什么不?"安娜·戴巴莱斯特说，"今天只是来散散步。来呀，这里不行，那就到别处去。"

小孩总归听妈妈的，反正总是跟着她走。

她一直走进咖啡馆，来到柜台前。只有一个男人在这里，他正在看报。

"我要一杯酒。"

她的声音打战。老板娘觉得奇怪，但很快又恢复常态。

"小孩呢?"

"他什么也不要。"

小孩说："我想起来了，发出叫声，就是在这儿。"

小孩走到门口，来到阳光下，又走下台阶，跑到人行道上，不见了。

"天气很好。"老板娘说。

她见这个女人一直在发抖，就把眼睛避开去，不去看她。

"我渴了。"安娜·戴巴莱斯特说。

"天气开始热起来了，所以嘛。"

"我想再要一杯酒。"

老板娘见她抓着酒杯的那只手抖个不停，知道这件事不会像自己所希望的那样很快就能弄清楚，只有等感情冲动过去之后，事情才会自然而然地解释明白。

事情发生得这么快，也是出乎她的意料的。安娜·戴巴莱斯特拿起第二杯酒一饮而尽。

她说："我是路过这里。"

"是散步的时候嘛。"老板娘说。

那个男人放下他的报纸。

"正是，昨天，就在这个时候，我正好在吉罗小姐家里。"

她手的颤抖缓和下来，面部表情也差不多恢复正常。

"我认识您。"

"那是一桩罪案。"男人说。

安娜·戴巴莱斯特说了谎。

"我说呢……我一直弄不清，您看。"

"那当然。"

"当然，"老板娘说，"今天上午，到这里来的人就没有断过。"

小孩只用一只脚在外面人行道上跳来跳去地玩。

"吉罗小姐教我那个小鬼钢琴课。"

酒无疑起了作用，嗓音发颤也消失了。眼睛上渐渐充满着解脱以后的舒畅喜悦。

"他很像您。"老板娘说。

"都这么说。"她笑得更爽朗了。

"眼睛像。"

"难说，"安娜·戴巴莱斯特说，"您看……带他出来散步，今天倒巧，找到这里来了。所以……"

"是一桩罪案，是的。"

安娜·戴巴莱斯特又说谎了："啊，说说看，我还不知道呢。"

一条拖船离开停泊港，在马达有规律的轰隆、轰隆声中匆匆开走。拖船开动的时候，小孩站在人行道上一动不动地看着，后来跑进来，找他的母亲。

"是开到哪儿去呀?"

她说不知道。小孩就又跑开了。她把她面前那只空酒杯伸手拿起来，注意到自己这个心不在焉的举动，又把杯子放回到柜台上，眼睛低低垂下，在等待着。这时那个男人走过来。

"可以吗?"

她并不觉得有什么可奇怪的，不禁又意乱心慌。

"先生，那是因为我不习惯。"

他叫了酒，又靠近她一步。

"那个喊声是叫得很响，所以真是谁都想弄清究竟发生了什么事。您看，就是我，我也想打听明白。"

她喝她的第三杯酒。

"据我所知，他在她心上打了一枪。"

有两个顾客走进咖啡馆。他们走近柜台，认出这个女人，觉得很是诧异。

"究竟是为了什么，好像是无法了解到。"

可以看出，这样喝酒在她是很不习惯的，也不难看出，每天在这个时刻她通常都是在忙着不同的事情。

"我很希望能告诉您，不过我知道得也不确实。"

"也许没有人知道?"

"他是知道的。现在他已经发狂，昨天晚上给关进去了。她么，她已经死了。"

小孩从外面跑进来，紧靠在母亲身上，又倾心又幸福。她漫不经心地抚弄着他的头发。那男人更加注意地看着。

"他们是彼此相爱的。"他说。

她震动了一下，不过这几乎是无法察觉的。

"那么说，现在你是知道了，"小孩说，"人家为什么要喊叫?"

她不回答他，只是摇摇头，意思是说不知道。小孩又跑开，她眼睛一直盯着他不放，一直看他跑到门口。

"他在兵工厂做工。她嘛，我不知道。"

她转身向他靠近一点，说："也许他们在闹别扭吧，就是因为那种叫作爱情的难题，才发生这种事。"

刚才进来的两位顾客走了。老板娘也在听他们谈话，所以走到柜台这一头来。

她说："而且她是结过婚的，有三个孩子，平时酗酒，可想而知。"

"那也难说，不是吗?"隔了一会儿，安娜·戴巴莱斯特这样问。

那个男人不同意。她感到惶惑。她的手立刻索索抖起来了。

"反正我不知道……"她说。

"不，不，"老板娘说，"相信我好了。我向来不喜欢管这种闲事。"

又有三位顾客来到。老板娘从这里走开。

那个男人笑着说："难说难说，我也这么看。他们大概，对了，大概是像您说的，有一个爱情上的难题无法解决。说不定就因为这个无法解决的问题，他才一枪把她打死，谁知道。"

"真是，谁知道。"

她的手不知不觉把酒杯拿起来。他招呼老板娘给他们倒酒。安娜·戴巴莱斯特也不拒绝，那样子倒好像是希望把酒给她斟满。

"看他待她那个样子，"她轻轻地说，"不管是死是活，从此以后，对他来说，仿佛都已经是无关紧要的了，您以为，如果不是……因为绝望，是不是事情也会发展到这一步?"

男人犹豫着，正面看着她；他决断地说："那我可不知道。"

他把她的酒递给她，她接过来喝了。他把她带到大厅里一个地方坐下，这无疑是他经常坐的位子。

"您常常在城里散步。"

她喝了一口酒，脸上漾起微笑，微笑再次使她的面容变得暗淡，而且比刚才更显得灰暗。她开始醉了。

"是呀，我每天都带我的孩子出来散步。"

他在注意看老板娘，老板娘在陪着那边三位客人说话。这天是星期六，人们空闲无事。

"不过这个城市虽说不大，可每天总有点什么事故发生，这您是知道的。"

"我知道，反正总有一天……要发生一件更加叫您吃惊的事。"她的思路也乱了，"往常我都是到广场去，再就是去海边。"

酒力在发作，借着几分醉意，她竟自直直看着她面前这个男人。

"您带他出来散步已经有很长一段时间。"

这个正在和她说话的男人，同时也在看她。

"我是说您带他在广场或海滨散步已经很久很久了。"他又说。

她心里浮起一缕怨恨之情。脸上的笑容不见了，显出气恼的神色，猛然现出她的本来面目。

"我不该喝这么多酒。"

汽笛响了，宣告星期六上班的工人放工。收音机"哗"的一声响了起来，叫人难以忍受。

"已经六点啦。"老板娘宣布说。

她把收音机的音量关小，忙着做起事来，在柜台上把一排排酒杯摆好。安娜·戴巴莱斯特昏昏沉沉，沉默不语，坐了很久，呆呆地望着码头，不知怎样是好。后来海港那边远远传来一群人熙熙攘攘活动的声音。

那个男人开口对她说："我刚才是和您说，您带这孩子在海边或广场散步已经有很长一段时间。"

"从昨天晚上开始，从我那个小鬼钢琴课下来以后，我总是在想那件事，想得很多，"安娜·戴巴莱斯特说，"所以禁不住今天就来了。"

最早来到的一批顾客已经走进咖啡馆。那个小孩感到很新奇，从这些人中间穿过，跑到他妈妈身边，妈妈习惯地把他抱在怀里。

"您是戴巴莱斯特太太，进出口公司和海岸冶炼厂经理的太太。您住在滨海大道。"

在码头另一侧又有汽笛响了起来，不过比前一个汽笛响声显得微弱。一条拖船开来。小孩粗野地挣脱开去，急忙跑走了。

"他在学钢琴，"她说，"他很有天分，就是不愿意学，我不得不迁就。"

咖啡馆里这时照例来客越来越多，他为给他们让地方，坐得和她靠近了一些。先来的客人走了，又有新到的顾客进门。人来人往，熙熙攘攘。这时，太阳已沉落到海那边去了，天空涌出火云，小孩在码头那边一个人玩着。他究竟在玩什么，离得这么远，分辨不清。他在跳过一些什么想象中的障碍物，嘴里大概还在唱着歌儿。

"对这孩子我寄托着很多的希望，简直不知怎么办才好，也不知从何着手。真是没有办法。不早了，我该回去了。"

"我常常看到您。我没有想到真有这一天您带着孩子到这里来。"

最后一批主顾刚刚进门，老板娘就把收音机音量加大了。安娜·戴巴莱斯特往柜台那边侧身看去，音响迎面扑来，她蹙起眉头，也只好随它去。

"您如果明白人家希望他们能够得到的那种幸福，如果这种幸福也是可能的话，那就好了。也许最好还是让我们分开吧。对这孩子，我就总是想不出一个道理来。"

"您在滨海大道尽头有一处很漂亮的房子。还有一座花园，一座门禁森严的花园。"

她注目看他，一阵惶惑慌乱袭来，随后，又恢复平静。

"可是这个钢琴课，我倒很喜欢。"她这样说。

天色暗下来，小孩有点心慌，又一次跑到他们这里来。他站在他们身边看着咖啡馆里的人。那男人向安娜·戴巴莱斯特示意要她看看外面。他对她笑着。

"您看，"他说，"太阳斜下去了，太阳西沉……"

安娜·戴巴莱斯特看着，细心地慢慢地拉好她的大衣。

"先生，您就在本城工作？"

"在城里，是的。您下次再来的话，我去把其他的情况了解一下，下次再告诉您。"

她眼睛垂下，若有所思，面色苍白。

她说："她嘴上都是血，可是他还在亲她、吻她。"

她控制着自己，说："您刚才说的，您认为是那样？"

"我什么也没有说。"

夕阳这时已经低垂，一缕缕阳光照射在那个男人的脸上。他倚着柜台，站在那里，一时全身都沐浴在夕照之下。

"一看到他，总是控制不住自己，不是吗？几乎是避也避不开。"

男人又说："我什么也没有说，不过我相信，他对准她的心打了一枪，因为她要他这样做。"

安娜·戴巴莱斯特一声长叹。从这个女人身上发出的，可说是一声放肆的、多情的哀叹。

"真怪，我还不想回家。"她说。

他猛地拿过自己的酒杯一口喝尽，他一句话也没有说，眼睛也不去看她。

"我真是喝得太多了，"她继续说，"您看，是这样。"

"对，是这样。"男人说。

咖啡馆里几乎空无一人。来客越来越少。老板娘一边洗酒杯，一边拿眼偷觑，见他们这么晚还迟迟不去，心中起疑。小孩走到门口，望着现在已经是静悄悄的码头。安娜·戴巴莱斯特背对着门口，面朝着那个男人，默默站了很久。他就好像根本没有看见她站在面前一样。

"我是不能不来。"最后她说。

"我来，和您的理由一样。"

"大家在城里常常看到她，"老板娘说，"带着她那个小孩。在这样的好季节，天天都可以看到她。"

"钢琴课？"

"星期五，一个星期一次。昨天是星期五。所以她出来上课，就是这么一回事。"

　　那男人在衣袋里玩弄着一枚硬币。他凝视着前面的码头。老板娘也没有再说什么。

　　走过防波堤，就可以看到滨海大道，这条大道笔直地一直延伸到市区尽头。

　　"抬起头来，看看我。"安娜·戴巴莱斯特说。

　　小孩很听话，他对她的脾气早已习惯了。

　　"有时我觉得我是把你虚构出来的，不是真的，你看。"

　　小孩仰起头，对着她打呵欠。他的小嘴一张开，夕阳最后的光芒一直照到他的嘴里。安娜·戴巴莱斯特每一次端详她的孩子，都和第一次看见他一样，总是感到惊奇。这天晚上，她也许发现这种惊奇是更要新奇了。

三

　　小孩推开铁栅栏门，他的小书包在背后摇来摇去。他收住脚步，站在花园门口。他注意看着身边那一块草坪。他踮起脚，一步一步慢慢往前走，当心不要因为这样往前走惊动了小鸟。一只小鸟偏偏飞掉了。这小孩眼睛盯着那只小鸟，眼看它飞到隔壁花园，落在树上。他走到山毛榉树后一扇窗口下面，他抬起头来。就在这扇窗口上，就在这一刻，天天都有人对着他笑。是有人对着他笑。

　　安娜·戴巴莱斯特叫他："快来，散步去。"

　　"到海边吗?"

　　"海边，什么地方都去。快，快。"

　　他们沿着大道朝防波堤方向走去。小孩很快就明白是怎么一回事了，他一点也不感到意外。

"太远啦!"他抱怨着,后来也就同意了,还哼着唱着。

他们走过第一停泊港,这时天色还早。在他们面前,在市区的南端,天空布满着黑色的斑纹,那是冶炼厂喷放到空中的赭色烟云。

这时街上人迹稀少,咖啡馆也没有什么顾客。那个男人,独自一人站在咖啡馆的　头。老板娘一见安娜・戴巴莱斯特走进门,就站起身来,迎着她走上来。那个男人站在那里不动。

"用点什么?"

"我想要一杯酒。"

酒一倒好,她就喝起来。她手抖得比三天前还要厉害。

"我又来了,您大概觉得奇怪吧?"

"在我这一行嘛……"老板娘说。

她偷觑那个男人一眼——他也面色苍白,她随后也就恢复常态,又改变了主意,转过身去,大大方方把收音机打开。小孩离开妈妈,自己到人行道上去玩了。

"我跟您说过,我那小鬼在跟吉罗小姐学琴。您一定认识她。"

"认识。我见您一个星期来一次,每逢星期五都来,已经有一年多了,对不对?"

"对对,星期五。我还想要一杯。"

小孩已经找到一个伙伴。他们正一动不动地站在码头前面伸出去的部分,在看一条大驳船往下卸黄沙。安娜・戴巴莱斯特第二杯酒已经喝了一半。她手抖得好了一些。

"这孩子一直是独自一个人。"她望着码头那个伸出去的地方,这样说。

老板娘又拿起她那件红毛线衣织起来。她觉得不需要她答话。又一条满载的拖船驶入海港。小孩不知在叫喊什么。那个男人走到安娜・戴巴莱斯特这边来。

他说："到那边去坐坐吧。"

她什么也不说，跟着他走了。老板娘一面织毛衣，一面盯着拖船。这情景显然叫她不大高兴。

"就这儿吧。"

他指着一张台子。她坐下来，他坐在她的对面。

"谢谢。"她嗫嚅地说。

室内布满初夏凉爽的阴影。

"我又来了，您看。"

一个小孩在外面很近的地方吹了一声口哨。她吓了一跳。

"请您再喝一杯酒。"男人说，眼睛看着门口。

他要了酒。老板娘一声不响，给他们倒酒，对他们这种态度很不耐烦。安娜·戴巴莱斯特靠在椅背上，刚刚受了一惊，这时才定下心来。

"到现在已经三天了。"男人说。

她挣扎着直起身来，又拿起酒杯喝酒。

"酒很好。"她说，声音很低。

两手不再发抖了。她直直地坐着，上身略略侧向他，他在看她。

"我想问问您，今天您没有去上班？"

"没有。眼下我需要时间派别的用场。"

她微微一笑，虚假的胆怯的微笑。

"需要时间无所事事？"

"无所事事，对。"

老板娘坐到柜台后面她那个老地方去。安娜·戴巴莱斯特说话声音很低。

"到咖啡馆来，对一个女人来说，难的是找一个托词，不过，我想，我反正总可以找得到，比如说：渴了，要喝一杯酒……"

"我想办法更多地去了解一些情况。但是我仍然没有弄清楚。"

安娜·戴巴莱斯特又一次费尽心力去追忆回想。

"那一声叫喊，声音很高，拖得很长，叫到最响的时候，突然中断。"她说。

"那是在她快要死的时候，"男人说，"那一声叫喊，大概是当她看不见他的时候，才停止的。"

一个顾客走进门来，根本不去注意他们，站在那里，胳膊支在柜台上，只管自己喝酒。

"我记得，有一次，是的，生这孩子的时候，我也叫喊过，也有点像这样。"

"他们偶然在一家咖啡馆里相遇，甚至也许就是这家咖啡馆，他们两人经常到这里来。他们开始谈话，不过是随便谈谈，但是我也不清楚。您很痛苦吗？那个孩子让您很痛苦吗？"

"要知道，我疼得直叫。"

她笑了，追忆着，身体向后一仰，害怕的情绪一扫而尽。他靠近桌子，冷冷地对她说："讲给我听听。"

她认真想了一想，想想讲什么好。

"我住在滨海大道最后一幢房子，离市区最远的一幢。就在海滩前面。"

"木兰花树在铁栅栏墙左角上，现在正在开花。"

"是的，每年在这个时节，花开得太盛，在夜里让人做梦，第二天还要使人病倒。非把窗户关紧不行，不然真是叫人受不了。"

"就在这座房子里，您已经结婚十年？"

"就在这里。我的房间在二楼，左边一间，可以看到大海。上次您告诉我，因为她要他那样做，所以他才把她杀死，一句话，是为了满足她，是不是？"

她问的这个问题，他不回答，只是看着她两肩的曲线，拖延时间。

"每年到这个时候，您都要把门窗紧紧关起，"他说，"房间里闷热，您不能入睡。"

安娜·戴巴莱斯特神色变得很严肃，那句话显然也不需她那么认真。

"要知道，木兰花的香气太强烈。"

"我知道。"

他的眼光从她右肩上挪开，不再去看她。

"二楼是不是有一条长长的过道，通到您的房间，也通到别的房间。过道让您既和房屋整体连成一气，同时又和整个房屋隔开来？"

"是有这么一个过道，"安娜·戴巴莱斯特说，"就像您说的那样。告诉我，我求您告诉我，她所期望于他的，她究竟是怎么发现的？她又怎么知道这恰恰正是她所期求于他的？"

她的眼睛注视着他的眼睛，痴痴呆呆地盯着他。

他说："我想是有一天，天刚刚亮，期求于他的究竟是什么，她突然知道了。她恍然大悟，对她来说，一切一切都明白了，所以，她就把她的欲念给他说了。对这一类发现，我相信是不需要解释的，也不需要任何说明。"

小孩在门外悄悄地玩。第二条拖船已经开到码头。拖船马达停下来，老板娘趁这个机会在柜台下面故意把什么东西搬来搬去，让他们不要忘记时间在不停地过去。

"您说的那个过道，到您的房间去非通过它不可？"

"要经过它。"

小孩跑进来，跑得很快，把头一仰，靠在妈妈肩上。随他怎样，她都不在意。

"噢，真好玩呀。"他说完又跑掉了。

"我忘记告诉您，我是多么希望他长大才好。"安娜·戴巴莱斯特说。

他给她斟酒，把一杯酒递给她。她接过酒杯，立即就喝起来。

他说："要知道，我甚至想，不经她要求，有一天，他也会那样做。她希望于他的，并不仅仅她一个人想到。"

她说来说去，有条不紊，最后还是归结到她想问的那个问题上来。

"我希望您告诉我事情是怎么开的头，他们怎样开始谈话。您说那是在一家咖啡馆……"

两个小孩一直在码头伸出部分那个地方跑圈圈玩。

他说："我们的时间不很多。再过一刻钟，工厂就要下工了。对，我想，他们是在咖啡馆开始谈话的，或者在别的什么地方。他们也许谈政治局势，谈战争的危险，或者谈和人们可能想象完全不同的其他事情，无所不谈，也没有谈什么。回滨海大道之前，是不是再喝一杯。"

老板娘拿过酒来，给他们斟酒，一句话也不说，看样子她也许有点生气，可是他们并不在意。

安娜·戴巴莱斯特安详自在地说："那条长过道的尽头，有一扇大玻璃窗，临着马路。风总是猛烈地吹着这个地方。去年一阵狂风暴雨，把窗玻璃全部震碎。是在夜里。"

她仰身靠在椅背上，笑着。

"城里还会发生这样的事……怎么想得到！"

"实际上这个城是很小的。充其量只能开设三个工厂。"

咖啡馆厅堂后面部分的墙上，夕阳照得明亮耀眼。在墙的正中，他们两人在一起的影子映得格外分明。

安娜·戴巴莱斯特说："那么，他们谈话谈了很久，谈了很长时间，才达到那一步的。"

"我想他们在一起相处时间很久，才达到他们当时那个地步，是这样。您讲给我听听。"

"再多我就不知道了。"她这样说。

他以鼓励的态度对她笑着。

"那又是怎么一回事？"

她专心一意、有点为难地继续慢慢地谈下去。

"刚才咱们讲的那座房子，我觉得建筑结构有点牵强，不合理，您明白我说的这个意思吧，不过，不管怎么说，毕竟还是根据舒适原则布置起来的，总要让所有的人都感到满意才行。"

"在楼底，是几间客厅，每一年在五月末，都要在这里举行招待会，把冶炼厂的职工请来。"

汽笛像一声惊雷突然响了起来。老板娘连忙站起，把正在织的红毛线衣放在一边，赶紧用冷水哗哗地冲洗酒杯。

"您那时穿了一件袒胸露背的黑色连衫长裙。您客客气气，冷冷淡淡，看着我们。天气很热。"

她并不感到意外，只是故作不知。

"这春天季节好得出奇，"安娜·戴巴莱斯特说，"所有的人都这么说。您真的认为是她，是她先讲出来，大胆地讲出来，后来竟成了他们之间的一个问题，就好比别的什么成问题的事一样？"

"我知道的并不比您多。也许他们两人之间，问题就出现过这么一次，也许自始至终就出过这么一个问题，我们怎么能知道？可是在三天前，毫无疑问，他们恰好走到这个地步，究竟是怎么搞的，到底是怎么一回事，他们自己也不知道。"

他扬起手来，又放下去，放在桌上，放在她的手边，他的手就留在那里不动了。她注意到这双手并排放在一起，这还是第一次注意到。

"看我酒又喝多了。"她抱怨着。

"您说的那个过道，常常夜里很迟灯还亮着。"

"那是因为我睡不着。"

"为什么过道亮着灯，而不仅仅是您的房间亮着灯？"

"我有这么一个习惯嘛。我也不知道为什么。"

"夜里，什么事情也没有，什么也没有嘛。"

"怎么没有。我的孩子就睡在旁边一间。"

她的手臂从桌上收回来，缩起肩膀，像是怕冷的样子，她理理她的上衣。

"现在也许我该回去了，您看天已经不早了。"

他举起他的手，对她做了一个手势，要她不要走。她坐在那里不动。

"天亮以后，您就走到大玻璃窗前向外面张望。"

"夏天，兵工厂的工人在早上六点钟就开始从那里走过。在冬天，大多数工人乘车，因为天寒风冷。像这样，他们经过那里的时间不过是一刻钟的样子。"

"夜里，从来没有人从那里走过？"

"有时也有，一辆自行车，奇怪的是不知他从哪里来的。那个男人是不是因为把她杀死心里痛苦才发了疯？还是因为痛苦之外再加上别的原因，一般人不可能知道的原因。"

"肯定痛苦之外还有别的原因，不过直到今天，我们还不能知道究竟是什么别的原因。"

她站起来，慢慢地站起来，站起来以后，她又一次理一理她的上衣。他没有伸手去帮她一下。他依旧坐在那里，她就在他面前站着，一句话也没有说。来得最早的一些工人已经进了咖啡馆，他们进门一看，觉得很奇怪，就拿眼睛看着老板娘，像是在问她。老板娘微微耸一耸肩膀，表示她也搞不清这是怎么一回事。

"也许您不再来了吧？"

这时，他也站起来了，站在她面前。安娜·戴巴莱斯特看他很年轻，夕阳的余晖在他像孩子似的明澈的眼睛上闪着光。她透过他的视线仔细审视他那一对蓝色的眼眸。

"我没有想到我能不来。"

他最后一次挽留她。

"您常常看着到工厂上班的这些人，特别是在夏天，而在夜里，当您睡不着的时候，您还会想起他们。"

安娜·戴巴莱斯特说："我醒得早，我就去看他们打那里走过。是的，在夜里，我有时也想起他们当中几个人。"

在他们分开的时候，从码头那边有很多人拥来。这些人大概是从海岸冶炼厂来的，海岸冶炼厂离市区比兵工厂更远一些。同三天前相比，天气显得更加晴朗。天空是一片蔚蓝，海鸥在空中飞来飞去。

"我玩得可好啦。"小孩告诉妈妈。

她让他讲他做些什么游戏玩，就这样，他们走过第一道防波堤。过了第一道防波堤，滨海大道就笔直伸向前去，直到海滩，到达终点。可是小孩很不耐烦了。

"你怎么啦?"

微风开始吹过市区。她感到很冷。

"我不知道，我冷。"

小孩拉着妈妈的手，把她的手打开，把自己的小手放在她的手里，他那样子是很决断、很不容情的。她的手握住他的小手。安娜·戴巴莱斯特几乎要叫出声来。

"啊啊，我的宝贝。"

"现在你总是到那个咖啡馆去。"

"才两次。"

"还去吗?"

"还想去。"

他们在路上遇到一些匆匆回家的人。他们手里都拎着折椅。寒风迎面猛烈地吹着。

"你要给我买个什么呀?"

"一条红色的汽船，喜欢吗？"

小孩不说话，暗暗在斟酌，高兴地叹着气。

"好的，一条很大的红色的汽船。你看好吗？"

她搂着他，他要挣脱开，往前跑，她紧紧拉着他。

"你长大了，你呀，你呀，看你长得多大了，多好啊。"

四

第二天，安娜·戴巴莱斯特又带孩子到港口去。仍然是一个好天气，只是比昨天稍稍凉爽一些。天空到处都可以看到一块块一片片的蓝天。这么好的天气来得未免早了些，因此城里人们都在谈着这件事。有人以为时令反常，担心过了明天，天气又要发生变化。另一些人，倒是心安理得，以为凉风在城市上空一吹，使得天空保持稳定不变，乌云不致过早地积聚起来。

在这样的季节，迎着这样的海风，安娜·戴巴莱斯特走过第一道防波堤，穿过运黄沙的拖船的停泊港，来到港口，进入市区，朝着市内广阔的工业区走来。她又来到咖啡馆，走到柜台前，那个男人这时已经在咖啡馆的大厅里等她。最初几次相会的那种仪式自是不可避免的，照例要不由自主地客套一番。她在惊慌不定的心情下要了酒。老板娘在柜台后面正在织她的红毛线衣，注意到她进门后，他们两人还要等一段时间才走到一起去，他们做出彼此好像互不相识的样子，今天比昨天拖的时间更长。甚至那个小孩跑去找他的小朋友以后，他们两个还在那里彼此互不理睬。

"我想要一杯酒。"安娜·戴巴莱斯特说。

老板娘不大高兴地给她斟上酒。这时，男人站起来，走到她身边，把她带到后厅暗处。她的手已经不抖了，她那一贯苍白的面色已经恢复正常。

她解释说："从家里出来走这么远的路真不习惯。不过，这并不是害怕。宁可说是惊奇，好像是惊奇。"

"也可能是害怕。人家总归要知道的，在这个小城市，不论什么事，总归要被人家知道的。"男人笑着说。

小孩在外边得意地叫喊着，因为有两条拖船并排驶进停泊港。安娜·戴巴莱斯特笑着。

"让我陪您一起喝酒，"说到这里，她停下来，突然大声笑了起来，"可是我今天为什么总是想笑?"

他的脸靠近她，靠得相当近，他的手放在桌上，放在她的手上，她不笑了。和她一样，他也不笑了。

"昨天夜里月亮差不多圆了。看到您的花园，修整得很好，光洁平滑就像是一面镜子。已经是深夜。二楼过道灯光还在亮着。"

"我不是给您说过，我有时睡不好。"

他把酒杯拿在手里转来转去，玩弄着，为的是让她不要感到拘束，让她觉得适意随便，他自信而且也知道她需要他，想要更好地看看他。她也正在看他。

"我想再喝一点酒。"她诉苦似的说，像是受到什么委屈一样。"我想不到您这么快就熟悉，就习惯了。看我也差不多习惯，已经习惯了。"

他叫了酒。他们一起贪婪地喝着。这一次，并没有什么理由非要安娜·戴巴莱斯特喝酒不可，但是她已经开始喝上了瘾，她需要这种酒，她需要这样的陶醉。喝过以后，她停了一停，然后柔声细气、语气不清地带着歉意又开始问那个男人：

"我想请您现在就告诉我，他们究竟是怎么搞的，甚至不讲话，搞到这种地步。"

小孩在门口张望，看见她在那里，就放心地又走开了。

"我不知道。也许因为在他们之间长期无话可说这种关系已经建立，在夜里，反正是在以后，是什么时候，那是无关紧要的，反正对他们来说，沉默无言已经越来越变得无法克服，什么原因也没有，是什么缘故也不知道。"

昨天由于惶惑不安使她双目紧闭，无话可说，现在，同样的心情又重重压在她身上，压得她缩肩屈背，心绪乱如麻。

"有一天夜里，他们就在房间里转来转去，转个不停，就像是关在铁笼里的猛兽，他们自己也不知道发生了什么事情。他们开始猜疑，他们惊慌害怕。"

"任什么都不能使他们感到满足。"

"正在发生的事情，弄得他们心神慌乱，一时说也说不清。对他们来说，要弄清是怎么一回事，也许要过几个月才行。"

在讲下去之前，他停了一停。他拿起酒来一口喝尽。在他喝酒的时候，他一抬眼，夕阳偶然在他眼睛里一闪，把他的眼睛照得轮廓分明。这一切她都看在眼里。

他说："在二楼一扇窗前有一棵山毛榉，这棵山毛榉是花园里最美的树。"

"那就是我的房间。那是一间很大的房间。"

他的嘴唇因为喝了酒，是湿湿的，在柔和的光线下，更显得清晰无比。"据说是一间很静的房间，最好的一个房间。"

"在夏天，山毛榉把大海给遮住了。我要求哪一天谁来把它给我弄掉，把它砍掉。我大概没有怎么坚持。"

他想看看柜台上的钟是几点了。

"还有一刻钟工厂就下班，您很快就要回家去。我们的时间真是太少了。我觉得，那棵山毛榉在不在那里没有多大关系。要是我，我就让它长在那里，让它在那个房间墙上的阴影一年比一年浓厚深密，就是人家说的所谓您的房间。不过所谓您的房间，按我的理解，那是搞错了的。"

她上半身整个往椅背上一靠，又那么一扭，样子很有点庸俗。她转过脸去，不去看他。

"可是树的阴影有时黑得像墨水似的。"她轻轻辩解着。

"那有什么关系。"他笑着，把一杯酒拿给她。

"那个女人已经变成了一个酒鬼。那天晚上，有人发现她在兵工厂那边的酒吧间喝得烂醉。人家把她一顿好骂。"

安娜·戴巴莱斯特装出非常吃惊的样子。

"我不相信，不至于那样。也许处在他们那样的境地，也是难免的吧?"

"和您一样，我也不清楚。您讲给我听听。"

"是的嘛，"她沉吟很久，"有时，在星期六，总有一两个醉鬼走在滨海大道上。他们又是拼命地唱，又是大声说话，说个不停。他们一直要跑到海滩，跑到最后一盏路灯那边，才转回头，总是不停地唱。一般他们总是很晚才从那个地方走过，那时候，所有的人都已经睡觉了。在城里，在这个地区，要知道，就是在这个荒僻的地区，他们胆子很大，到处乱跑。"

"您睡在您那个很静的大房间里，所以能听到他们。您这个房间，也是乱糟糟的，乱糟糟的，并非只有您一个人。您睡在您那个房间里，您就睡在那里。"

安娜·戴巴莱斯特欲言又止。她的脾气有时就是这样，她感到厌倦，说话就变得有气无力，手又开始要发抖了。

"这条滨海大道一直通到海滩，"她说，"人们又在议论新的建筑计划了。"

"您睡在那个房间里，谁也不知道。再过十分钟，工厂就放工了。"

"这我知道，"安娜·戴巴莱斯特说，"……最近这几年，不论是几点钟下班，这我知道，我知道……"

"不管是睡着，还是醒着，不管是不是正规穿着衣服，还是不穿，人家才不在乎您存在不存在，就管自己走过去了。"

安娜·戴巴莱斯特在挣扎着，她觉得自己是有罪的，后来，这罪她也承担下来了。

"您真是不应该，"她说，"我知道，不论什么事，都可能发生……"

"对。"

她目不转睛地看着他的嘴。白昼的余晖正照在那张嘴上。

"在这市区最好的住宅区，那座花园总是紧紧地关着，又是临着大海，从远处看去，人家会看不清那是一座花园。去年六月间，您就站在门前石阶上，面对着花园，迎接我们，冶炼厂的职工。再过几天正好是一年。在您一半袒露在外的胸前，戴着一朵白木兰花。我的名字叫肖万。"

她又摆出她那惯常的姿态，脸对着他，臂肘支在桌上。她已经喝得颠三倒四，面目全非了。

"我知道，我知道。所以您离开了冶炼厂，连一个理由也不说，不需多久，您又不得不回来，因为，城里别的厂家都不肯雇您。"

"讲下去。我决不向您提出任何要求。"

安娜·戴巴莱斯特就像在学校里背诵一篇并没有学过的课文那样，又继续讲下去。

"在我住进这座房子的时候，女贞树原来就已经有了。女贞树有很多。遇到暴风雨，女贞树叶子像钢片那样嚓嚓地响个不停。住在这座房子里，好像总是听到自己的心在跳。我已经习惯了。关于那个女人，您告诉我的，都是假的，您说在兵工厂附近酒吧间发现她喝得烂醉，也是假的。"

汽笛一连声地准时叫了起来，在整个市区，叫得震耳欲聋。老板娘校正她的时钟，放好她的红毛线衣。肖万平心静气地在谈话，好像什么也没听到。

"曾有过多少女人，在这同一幢房子里生活过，她们在夜间只听到女贞树嚓嚓作响，可是没有听到自己的心跳。女贞树至今依然都在。这些女人，却在她们的房间里，一一都死去了。她们房间前面的山毛榉，和您想的正好相反，是再也不会长大了。"

"这和您告诉我那个女人天天晚上都喝得烂醉一样，也是假的。"

"这也是假的。不过这座房子是很大的，面积有几百平方米。设想它有多古老，就有多古老。甚至住在里面也觉得阴森怕人。"

震惊、激动使得她筋疲力尽。她眼睛紧紧地闭起。老板娘起来，走动着，在擦洗酒杯。

"快说，快说。随便编一点什么说说也可以。"

她费尽心力说下去。咖啡馆空荡荡的，她说话的声音显得很响。

"应该住在一个没有树木的城市里应该这样一有风吹来树就叫个不停这里总是刮风永远刮风一年只有两天是例外您看从您的地位上看我要离开这里不要留下去所有的飞鸟或者几乎所有的海鸟在风暴过后就全死了风暴过去以后树木也不再发出叫声在海边还能听到它们在叫就像是被扼死的人的叫声一样叫得小孩也睡不着觉叫得我也不能睡我要走我要走。"[1]

说到这里，她停住了，两眼紧闭，她害怕。他注目看她，非常注意地看着她。

"也许，"他说，"我们是搞错了，也许他第一次看到她不久就想杀死她。请您告诉我。"

她说不出话来，她的手又在开始发抖，并不是因为害怕，也不是因为有关她的生活的种种暗示使她惊慌，而是因为别的原因。这时，他转到从她的角度说话，声调也恢复了平静。

"在这个城市上空要风停止不吹，又让人不要感到好像是窒息，那是不会有的事，确实是这样。这一点我早就注意到了。"

安娜·戴巴莱斯特并没有听他说话。

她说："她死了，就是死了也还在笑，心里充满着欢乐。"

孩子们在外面又叫又笑，那是在向黄昏致意，正像向黎明欢呼一样。在市

1　原文如此。

区南部，有另一些呼声，是成年人的呼声，向着自由发出的呼声，那是紧接着在冶炼厂低沉的隆隆机器声之后发出来的呼声。

安娜·戴巴莱斯特声气倦怠地继续说："海风是永远要吹来的，我不知道您是不是已经注意到，风吹起来在不同的时间是不相同的，有时它突然吹起来，特别在日落的时候，有时相反，徐徐缓缓，那是在天很热的时候，在夜静更深凌晨四点钟，天快要亮的时刻。您明白吗，女贞树一发出响声，我就知道风吹来了。"

"关于这个花园您是无所不知的，这个花园和滨海大道其他花园几乎也完全一样。在夏天，当女贞树发出响声，您不要听到女贞树的响声，您把窗子紧紧关死，因为太热，您就脱去衣服，赤身露体。"

"我要酒，"安娜·戴巴莱斯特请求说，"我要酒，永远……"

他叫老板娘拿酒来。

"汽笛再过十分钟就要拉响。"老板娘倒酒，通知他们说。

到得最早的一个人来了，他站在柜台前边，喝的是同样的酒。

安娜·戴巴莱斯特继续低声地说："在铁栅栏墙左角，靠北，有一棵美洲紫山毛榉，我不知道为什么……"

站在酒吧前面的那个人认识肖万，有点不自然地向他点头致意。肖万没有看见他。

"讲下去，"肖万说，"讲给我听，随便讲什么都行。"

小孩突然跑进来，头发蓬乱，喘着气。通到码头伸出部分的几条街上，传来了一些人走来的脚步声。

小孩叫："妈妈。"

"再过两分钟她就走。"肖万说。

站在酒吧前那个人在小孩从他身边走过的时候，想摸摸他的头发，小孩野里野气地跑掉了。

安娜·戴巴莱斯特说："记得有一天，我怀了这个孩子。"

十几个工人拥进咖啡馆。有几个工人认识肖万。肖万并没有看他们。

安娜·戴巴莱斯特说："有时，在夜里，小孩睡着了，我下楼到花园去散步。我走到铁栅栏边上，我看着滨海大道。在晚上，这里静极了，尤其是在冬天。在夏天，有时一对对情人走过，相互依偎，紧紧抱在一起。就是这样。人家选中这所住宅，就是因为它安静，是市区最幽静的地方。我该走了。"

肖万在椅子上往后退了一退，并不着忙。

"您走到铁栅栏跟前，后来又离开，然后您在您的房子四周兜了一圈，后来您又回到铁栅栏那边。小孩在楼上睡着。您并没有叫喊。您从来也不叫喊。"

她穿上上衣，没有搭话。他帮她把上衣穿好。她站起来，又停下来，站在那里不动，就站在台子旁边，在他身旁，站在那里，一动不动，两眼对着柜台前面的那些人，可是并没有看他们。有几个人想和肖万打招呼，肖万只顾望着门外码头。

安娜·戴巴莱斯特木然地站在那里不动，后来她才一下醒悟过来。

她说："我还来。"

"明天。"

他陪她走到门口。有几伙人推推拥拥来到了。小孩跟在他们后面。他跑到他母亲跟前，抓住她的手，拉着她往外走。她跟着他走了。

他和她谈着他新认识的一个朋友，她不说话，他并不觉有什么可怪的。前面就是荒僻无人的海滩——今天比昨天时间更晚了，他站在那里，看着海浪前后涌动，今晚潮水相当汹涌。他走了。

"走吧。"

他走了以后，她也走了。

"天冷了，你还是慢慢走。"小孩像是要哭的样子，说着。

"我走不快了。"

她尽力走得快一些。黑夜，疲劳，还有孩子气，就这样，他蜷缩着，紧靠在她身上，靠在他妈妈身上。母子二人，就像这样，靠在一起，往前走着。因为她已经喝醉了，看远处什么也看不清，她也不想看到滨海大道的尽头，因为路程那么远，她怕鼓不起勇气继续走下去。

五

　　"你好好记住，"安娜·戴巴莱斯特说，"那意思是中板，像唱歌一样的中板。"

　　"像唱歌一样的中板。"小孩重复着。

　　随着楼梯逐级上升，可以看到市区南部许许多多起重机在半空中高高升起，都以同样方式摆动着，不时在空中交错移动。

　　"我再也不要听人家骂你，不然我真是要死啦。"

　　"我也不要听呀。像唱歌一样的中板。"

　　一部挖土机喷吐着潮湿沙土的巨铲从某一层楼最后一扇窗口一闪而过，巨铲的齿就像饥饿的野兽的尖牙那样紧紧咬住它的捕获物。

　　"音乐，是必不可少的，你应当学音乐，明白吗？"

　　"我明白。"

　　吉罗小姐住的一层楼相当高，在六楼，从她的窗口往海上眺望，可以看到很远的地方。在小孩视野所及的范围内，除了海鸥在空中飞翔以外，什么也看不到。

　　"嘿，您知道吧？是一桩罪案，是情杀案，是的嘛。戴巴莱斯特太太，您请坐。"

"是什么?"小孩问。

"快去弹小奏鸣曲。"吉罗小姐说。

小孩坐到钢琴前面。吉罗小姐坐在他身旁,手里拿着一支铅笔。安娜·戴巴莱斯特坐在另一个地方,靠近窗口。

"小奏鸣曲。迪阿贝利小奏鸣曲,很美的,弹吧。这个曲子是几拍?说说看。"

小孩一听到这种说话的声调,立刻就萎缩下来。但是他不慌不忙,好像在思索着,也许他在骗人。

"像唱歌一样的中板。"他说。

吉罗小姐两个眼睛看着他,两臂交叉在胸前,大口大口叹气。

"他这是故意的。没有别的解释。"

小孩僵在那里不动。他的两只小手合拢来,放在膝头,等着接受惩罚。对这种不可避免的事,对他自己的问题,对于他这种翻来覆去不停地弹琴,他只好逆来顺受。

"白昼长了。"安娜·戴巴莱斯特盯着对方的眼睛轻轻地这么说。

"是这样。"吉罗小姐说。

在同一时刻,和上一次相比,太阳就显得高得多。这就是证明。而且在白天,天气又很好,天上只有一层薄薄的轻雾,天气确实不坏,不过节令来得早了一些。

"我在等你回答嘛。"

"他也许没有听见。"

"他听得清清楚楚。戴巴莱斯特太太,这种事您不明白,他是故意的。"

小孩把头往窗口那边稍稍转过去一下。就像这样,他眼睛斜过去,看见阳光从海面反射到墙上的波纹。只有他的母亲能看出他眼睛这样斜过去看了一下。

"不知羞的小鬼呀,我的宝贝儿。"她低声说。

"四拍。"小孩仍然不动，毫不费力地说。

今天，在这傍晚时分，他眼睛的颜色就像天空的那种色调一样，他金色的头发也熠熠放光。

他的母亲说："总有一天他会弄懂的，他会毫不犹豫地回答出来，一定是这样。即使是他不愿意，他也会明白的。"

她欢喜地无声地笑着。

吉罗小姐说："戴巴莱斯特太太，您真该感到难为情。"

"就是说嘛。"

吉罗小姐把两个胳臂放下来，拿铅笔敲着琴键。这是她教钢琴三十年的老规矩。她高声叫道：

"弹你的音阶练习。弹十分钟。把它学会。先弹 C 大调。"

小孩对着钢琴坐好。双手举起，落下去，既顺从又十分自得地按在琴键上。

一段 C 大调琴声掩过了海潮的声响。

"再弹，再弹。唯一的办法就是不停地弹下去。"

小孩从刚才第一次开头的地方继续往下弹，他必须在键盘那个规定好的准确而神秘的位置上开始。在这位钢琴教师的怒气之下，C 大调音阶练习曲弹了两遍，又弹第三遍。

"我说过，弹十分钟。继续弹。"

小孩转过身来对着吉罗小姐，眼睛望着她，双手萎靡无力地搁在键盘上。

"为什么?"他问。

吉罗小姐气得脸色难看极了。小孩已经转过身去脸对着钢琴。小孩把双手放归原位，手摆成那个样子完全符合初学钢琴应有的正确姿势。他僵僵地坐在那里，但是不弹琴。

"怎么啦，简直太不像话了。"

"这些小孩简直都不想活下去啦，"他母亲说——可是还在笑着，"您看，还要教他们学琴，有什么办法好想。"

吉罗小姐耸耸肩，也不正面回答这个女人说的话，现在她对任何人也不想说什么，后来她的情绪平息下来，自怨自艾地说："真有意思，这种小孩弄到最后总归把你也弄得凶恶无比。"

"音阶练习他总归可以学会，"安娜·戴巴莱斯特好言劝说着，"他会像学好节拍一样，把音阶也弹好，那是一定的，要学会，也够他吃力的了。"

"太太，您这种教育真是骇人听闻。"吉罗小姐叫道。

她一只手抓着小孩的头，把他朝这边扭过来，强使他看着她。小孩低下眼睛去，不看。

"因为我已经给他规定好。偏偏不听，就是违抗。G 大调弹三遍。在这之前，C 大调再弹一遍。"

小孩又弹了一遍 C 大调，弹得好像更加心不在焉。接着，又停下来，等在那里。

"G 大调，不是说过了嘛，现在弹 G 大调。"

手索性从键盘上收回。下定决心，低着头，不弹。两只小脚悬空，离开钢琴踏板远远地荡在那里，气愤地搓着。

"你听见没有？"

"你听见啦，"妈妈说，"肯定是听见的。"

孩子听到这温柔亲切的声音，就不再抗拒了。他还是不作声，只是把手抬起来，按照规矩放到键盘规定的地方。在母亲的爱抚下，G 大调音阶练习弹了一遍，接下去又弹第二遍。兵工厂那边汽笛响了，下工的时间到了。光线也暗了一些。音阶练习弹得很好，无懈可击，女教师也不能不承认。

"不仅是锻炼性格，而且还练习了指法。"她说。

"确实。"母亲凄然地说。

但是 G 大调第三遍练习还没有弹，这小孩手又停下来不动了。

"我说过要弹三遍。三遍。"

这一回，小孩索性把手从琴键上抽回，放在膝上，说："不弹。"

太阳越来越倾斜，海面突然从倾斜面上泛起一片耀眼的光辉。吉罗小姐突然变得异常平静。

"我没有别的好说，我只能说我叮怜您。"

这小孩偷眼看了看那个叫人可怜的女人，可是她还在笑着。他仍然保持那个姿势一动不动，他当然是背对着窗外的大海的。已经是黄昏了，微风乍起，吹到室内，逆着那个固执的小孩头顶上一丛丛头发吹拂过来。他的两只小脚在钢琴下面一点一点地无声地舞动着。

母亲笑着说："音阶练习再弹一遍，就弹这一遍，好不好？"

小孩只是对着她一个人把脸转过来。

"我不喜欢音阶练习。"

吉罗小姐看着他们这两个人，看过这个又看那个，他们说些什么她也不要听，又是气恼，又是灰心。

"我等着呐，我。"

小孩转过身去对着钢琴，侧起身子，离这个女教师越远越好。

他的妈妈说："好宝贝，再弹一遍好啦。"

在妈妈的呼唤声中，他的眼睫毛在抖动。他犹豫着。

"不弹音阶练习。"

"就是要弹音阶练习，你知道嘛。"

他还在游移，母亲和教师都束手无策。这时，他倒是下了决心。他弹起来了。这一刻，吉罗小姐一下变成了孤立无援一个人，他也不去管她。

"戴巴莱斯特太太，您看，我不知道我还能不能再教下去。"

G 大调练习曲弹得很准确，也许比上次弹得稍快了一些，不过也不碍事。

"他的问题是他不愿意，我承认。"小孩的妈妈说。

音阶练习弹完。完全出于某种一时感到无聊的那种心事，这小孩轻轻从琴凳上站起来，想要做什么不该做的事，想要看看下面码头上是否发生了什么事。

"我要解释给他听，告诉他应当学琴。"母亲装出很懊恼的样子说。

吉罗小姐很不高兴，声色俱厉地说："犯不上跟他解释，钢琴也不是要不要学的问题，戴巴莱斯特太太，人们说这是一个教养的问题。"

她拍打着钢琴。小孩想看看楼下的企图只好作罢。

"现在弹你的小奏鸣曲，"她厌烦地说，"四拍。"

小孩像弹音阶练习那样弹了起来。他弹得很不错，虽说是不愿意，手下弹出来的毕竟是音乐，这是无可否认的。

吉罗小姐的声音压过乐曲的响声，继续说："您有什么办法，有些小孩非严格对待不成，不然的话，解决不了问题。"

"我试试看。"安娜·戴巴莱斯特说。

她细心地听着这首小奏鸣曲。她的孩子把她从遥远的已经逝去的岁月又带了回来。一听到她孩子弹琴，她总是几乎要昏过去——也许她自以为要昏厥过去。

"您看，竟有这样的事，他以为他可以不喜欢学琴。不过，戴巴莱斯特太太，我也知道，我和您说不说反正都是一样。"

"我试试看。"

小奏鸣曲仍然在耳边回响，就好像这个小野人舞弄着一支羽毛似的，也许是有意，或者也许是无意；小奏鸣曲反复冲击着他的妈妈，作为对她的爱的惩罚，又一次给她定了罪。地狱之门都紧紧地关死了。

"重弹一遍，拍子要准，这一次速度再放慢一点。"

小孩的手指放慢，准确得有板有眼，奏得轻柔融洽。音乐的味道出来了，乐曲从他手指上不经意地一拥而出，流畅自然，音乐又一次在空间悄悄地铺展开来，吞没了不相识的人的心，令人心旷神怡。在大楼下面，在码头上，人们都在听着。

老板娘说："上面已经弹了一个月了。很好听，很美。"

来得最早的一批顾客，正在朝着咖啡馆这边走来。

"是的，正好是一个月，"老板娘说，"我已经都背下来了。"

肖万站在柜台一头，现在他是咖啡馆里仅有的一位顾客。他看着钟，舒服地伸一伸懒腰，按着小孩弹的调子吟着那支小奏鸣曲。老板娘直直地望着他，一边从柜台下面把酒杯拿出来。

"您还很年轻嘛。"她说。

她计算第一批顾客进咖啡馆前他还有多少时间。她好意地告诉他说顾客很快就要到了。

"您知道的，天气好的时候，我看她好像经常是在第二停泊港那边兜圈子，她并不是每一次都要走过这里。"

"对。"那个男人笑着说。

第一批顾客进门了。

"一，二，三，四，"吉罗小姐打着拍子，"很好。"

小孩手上弹着小奏鸣曲，可是心不在焉，弹了一遍又一遍，起初弹得无动于衷，而且粗心笨拙，就这样，一直弹到把乐曲的力量表现出来。随着乐曲结构逐渐形成，白昼显然也渐渐暗下来了。一片火烧云像一座巨大的半岛突然矗立在水平线上，它那脆弱的、易逝的光芒使得人们思绪不定，向着另一类思路转移过去。十分钟以后，白昼的色彩完全隐去不见了。这个小孩第三天的课程也结束了。海的响声，从码头上浮起的人声，交织在一起，一直蔓延到楼上的房间。

吉罗小姐说："背熟，下一课必须背熟，你听好。"

"背熟，好。"

"我保证。"小孩的妈妈说。

"他不听我的话，这太明显了，这种情况必须改变。"

"这我也保证做到。"

吉罗小姐在考虑着什么，别人说话她并没有听进去。

"戴巴莱斯特太太，"她说，"钢琴课您让别人陪他来吧，不妨试试看上课效果可能不一样。"

"不，不。"小孩叫道。

"那我相信我一定非常难过。"安娜·戴巴莱斯特说。

"我担心免不了要走到这一步。"吉罗小姐说。

房门关上了。他们走到楼梯上。

小孩停下来说："你看见了吧，她有多坏。"

"你是故意的吧?"

小孩望着窗外，半空中静止不动的起重机比比皆是。在远处，近郊区一带，已是万家灯火。

"我不知道。"小孩说。

"可是我多么爱你呀。"

小孩起步往楼下慢慢地走下去。

"我不想学钢琴。"

"音阶练习，"安娜·戴巴莱斯特说，"我根本不懂，不来学怎么行?"

六

安娜·戴巴莱斯特站在咖啡馆门前，没有进门。肖万朝她走来。他走到她身边，她转身往滨海大道方向走去。

"已经有那么多人，"她轻轻抱怨说，"钢琴课下课迟了。"

"今天上的这一课我都听到了。"肖万说。

小孩把手挣脱开，在人行道上跑开去，今天晚上，星期五晚上，像往常一样他很想跑来跑去跑一跑。肖万抬头看看天空，天空还有一点微弱的光亮，天空是暗蓝色的；他靠近她，她并不退避。

"夏天就要到了，"他说，"走吧。"

"可是在这个地区，不大觉得。"

"有的时候，可以感觉到。您知道的。比如今天晚上。"

小孩在缆索上面跳来跳去，嘴里哼着迪阿贝利小奏鸣曲。安娜·戴巴莱斯特跟着肖万走着。咖啡馆里，人已经坐满了。那些人只要酒倒好，立刻一口喝掉，这是规矩，然后匆匆忙忙往家走。后到的人，从更远的工厂来的人，就接上去，喝过酒，就走路。

安娜·戴巴莱斯特刚刚走进咖啡馆，就站在门口那里不高兴、发脾气。肖万转过头来对她微笑，给她鼓气。他们走到长柜台不大有人注意的那一头，她就像男人一样，拿起酒杯，很快地喝下。酒杯在她手上哆哆嗦嗦还在摇晃。

"已经七天了。"肖万说。

"七夜，"她说，像是偶然顺口说出的，"这酒真不错。"

"七夜。"肖万重复说。

他们离开柜台，他把她拉到厅堂后座，让她在他想要坐的位子上坐下来。站在柜台上的人，从远处看着这个女人，感到奇怪。厅堂里静静的。

"这么说，您都听到了？她叫他弹的音阶练习全部都听到了？"

"那时候时间还早。这里一个顾客也没有。朝码头那边的窗口都打开着。我都听到了，音阶练习也听到了。"

她对他笑笑，很感激他，又拿起杯来喝酒。拿着酒杯的手还是稍稍有点抖动。

"我脑子里想到他应该学音乐，要知道，那是两年前的事。"

"我明白。那架大钢琴是放在客厅一进门的左边?"

"是。"安娜·戴巴莱斯特紧紧捏起拳头，努力要自己保持平静。"不过，他是那么小，太小了，要是您知道的话，只要我这样一想，我就怀疑自己是不是错了。"

肖万笑着。厅堂里只有他们两个人坐在台子那边。站在柜台旁边喝酒的顾客也没有几个人了。

"您知道吗? 他的音阶练习弹得很不错。"

安娜·戴巴莱斯特也笑了，这一次是放声大笑。

"他弹得很好，真是那样。就是那位女教师也不能不承认，您看……我有一些想法。啊……我真觉得可笑……"

她还在笑着，可是她的笑声渐渐低下去，肖万是用另一种方式在和她说话。

"您曾经把臂肘支在那架大钢琴上。在您的连衫长裙袒露的胸前，扣着这样一朵木兰花。"

安娜·戴巴莱斯特很注意听他讲这一段往事。

"是的。"

"当您俯下身去，那朵花触到您胸脯外面的轮廓，您不经意地把花扣在那里，嫌扣得高了一点。花很大，您是偶然选中它的，您戴起来也嫌大了一些。花瓣还很挺，前一天夜里刚刚开花的。"

"我看外面了?"

"再喝点酒吧。小孩在花园里玩。是的，您在往外面看。"

因为他要她喝酒，安娜·戴巴莱斯特就喝酒，竭力在回忆那已经过去的事，深深感到惊奇。

"我不记得我采了那朵花。也记不起戴花的事。"

"我当时没有怎么看您，不过那朵花我是看到的。"

她故意用手使劲拿着那个酒杯。她的手的动作和她的音调也变得从容缓慢了。

"这酒现在我很喜欢，那时我并不知道。"

"那么现在你讲给我听听。"

"啊，别让我说了吧。"安娜·戴巴莱斯特祈求着。

"我们肯定没有多少时间了，我是无能为力的。"

暮色越来越浓重，只有咖啡馆大厅天花板上还有一点光芒照射在上面。强烈的灯光照着柜台，大厅沉没在阴影之中。小孩突然跑进来，他并不觉得时间已经很晚，他跑来报告说："另外一个小孩来了。"

在他跑去的一瞬间，肖万的双手伸到安娜·戴巴莱斯特的手边。两双手平伸在桌上。

"我给您说过，我常常睡不好。我就到孩子的房间去，我去看看他，一看就看很长时间。"

"常常？"

"常常是这样，在夏天，那时大道上还有人在那里散步。特别是在星期六夜晚，这些人无疑是因为在城里不知做什么好才出来散步的。"

"毫无疑问，"肖万说，"特别是男人。您在过道上，或者是在花园里，或者是在您的房间里，您经常看他们。"

安娜·戴巴莱斯特俯下身来，最后对他说：

"实际上，我想我是常常看他们，或者是在过道上，或者是从我的房间里，有些夜晚，我也不知我该怎么办才好。"

肖万低声讲出一句话。安娜·戴巴莱斯特在这一次强行进攻之下，目光渐渐变得迷迷蒙蒙，简直要昏昏睡去。

"说下去呀。"

"不仅这些人走过这里，而且在白天，时间也是固定的。我不能再说了。"

"没有多少时间了，继续说下去吧。"

"吃饭，总是这样，吃饭的时间又到了。接下去，又是夜晚。有一天，我想出来一个主意，叫孩子去上钢琴课。"

他们的酒喝光了。肖万又去叫酒。在柜台上喝酒的人越来越少。安娜·戴巴莱斯特就像一个口渴的人那样，在不停地喝酒。

"已经七点了。"老板娘通知说。

他们没有听见。天已经黑下来了。有四个人走进咖啡馆，在后厅坐下来，他们是准备到这里来消磨时间的。收音机播送第二天的气象预报。

"我给您说过，我本想到市区另一头去上钢琴课，那是为了我的小宝贝，可是现在，我不来这里上课也办不到。是多么困难啊。您看，已经七点钟了。"

"您比平时回家的时间反正是晚了，也许太晚了，这是不可避免的。您就这么看好了。"

"时间既然确定，那就不能避免，有什么办法？我可以对您说，加上我还要走一段路，晚饭的时间总归已经晚了。我忘了，今天晚上在家里请客，已经讲好，我一定要到的。"

"您知道您只有迟到了，没有别的办法，知道吗？"

"没有别的办法。我知道。"

他在等着。她平静地转换口气，又和他谈起别的事。

"我可以告诉您，我对我的孩子讲过，所有曾经住在这棵山毛榉后面，在这个房间里生活过的女人，现在都已经死了，她们都已经死去。我那宝贝，他还要求我说要看看她们。看，我能讲给您听的，我都讲给您听了。"

"您一定马上就懊悔您给他讲这些女人的事。您还给他讲过，今年暑假没几天就要到了，您说假期不留在这里，要到别处海滨去度假，是不是？"

"我当时答应他过半个月后到沿海一个气候很热的地方去度假。那些女人都已经死了，他觉得他是无法得到安慰了。"

安娜·戴巴莱斯特又拿起杯来喝酒，她觉得酒很冲。因为喝了酒，两眼迷迷蒙蒙，同时又笑容满面。

"时间在过去，"肖万说，"您越来越迟了。"

"当一次迟到已经变得这么严重，"安娜·戴巴莱斯特说，"以致不论是不是会变得更加严重，在后果上对我都不会有什么影响。"

柜台前只有一位客人。坐在大厅里的四个人，还在断断续续地谈话。又来了一男一女。老板娘招呼好这两位客人，又拿起她的红毛线衣织起来，这是刚才有大批人来到以后放下来的。她把收音机的音量调小。今晚海上风浪很大，透过收音机放出的歌声，浪头拍击码头的声音历历可闻。

"在他知道她非常希望他那么做的那一刻，我想请您告诉我，比如说，他为什么不是迟一些……或者说，为什么不更早一些……"

"您了解我，我知道的并不多。不过我认为他并没有选择的余地，他没有办法，他不能从困境中解脱出来，他不能既要她活同时又要她死。大概一直到最后，他才做到这一步：宁可要她死。我什么都不知道呵。"

安娜·戴巴莱斯特退缩着，虚伪地低下头，面色苍白。

"她对他能做到那一步，是抱着很大希望的。"

"我觉得他对于做到那一步所抱的希望，同她的希望是同等的、一样的。我知道什么啊。"

"一样，真的吗?"

"是一样的。您别说了。"

坐在大厅里的四个人走了。只有那一对男女还留在那里没动，他们坐在那里相对无言。那女人在打呵欠。肖万又叫了一玻璃瓶酒。

"不喝这么多，不行吗?"

"我想怕是不行。"安娜·戴巴莱斯特喃喃地说。

她一口气把一杯酒喝尽。他听任她随心所欲用酒毒害自己。黑夜已经笼罩在市区上空。码头上高高的路灯也亮了。小孩一直在那里玩。天空上夕阳的余晖一点踪迹也看不见了。

"在我回去之前，"安娜·戴巴莱斯特要求说，"您是不是还能再告诉我一些什么，我真希望多知道一点。哪怕您并不十分确知的事也行。"

肖万慢慢地说下去，说话声音显得无动于衷，这女人直到此刻还未曾听到过他这样的说话声调。

"他们住在一处孤立隔绝的房子里，我相信那是在海边上。天气很热。去海边之前，他们也没有想到那么快就走到这一步。几天以后，好像他就不得不把她赶走，总是要赶她走，事情发生得太快了，他不得不把她赶出去，叫她远远地离开他，甚至离那座房子远远的，这样的事经常发生。"

"那也犯不上。"

"避免这一类想法并不容易，为了活下去，必须习惯它、适应它。无非是一个习惯问题。"

"她、她走了吗?"

"她走了，他要她什么时候走，她就什么时候走，尽管她很想留下来。"

安娜·戴巴莱斯特定睛望着她面前这个不相识的男人，她已经认不出他了，她就好像是一匹受到监视的牲畜一样。

"我求求您。"她哀求着说。

"后来，那个时刻终于到来，这时，他看她，有时就不再用以前那样的眼光看她了。她不再是美，也不是丑，不再年轻，可也不是衰老，好比就是那么一个人，甚至不过就是她自己。他害怕。这就是最后一次假期里发生的事。冬天到了。您就要回滨海大道。这是第八个夜晚了。"

小孩跑进来，在妈妈怀里缩成一团，靠了一会儿。他还在轻声唱着迪阿贝利小奏鸣曲。她发狂地抚摩他脸庞上的头发。那个男人避开不去看他们。后来小孩又跑开了。

"这么说，那房子是单独孤立的，"安娜·戴巴莱斯特缓缓地又开口说，"您说，天气很热。他对她说叫她走，她一直是顺从的。她就睡在田野一棵大树下，像是……"

"是的。"肖万说。

"他叫她回来，她就回来。同样，他赶她走，她就走。顺从到这种地步，表示她心里还存着希望，她这样做不过是她特有的表达方式。甚至她脚已经跨出门槛，心里还在期望他叫她回去。"

"是的。"

安娜·戴巴莱斯特痴痴的面庞向肖万俯过来，没有接触到他。肖万往后退缩着。

"就在那间房子里，就在那个地方，她知道，您告诉我的，她是——比如说，也许是……"

"是的，一个烂污货。"肖万打断她的话。

这回该轮到她往后退缩了。他给她的酒杯注满酒，拿给她。

"我说的是谎话。"他说。

她理一理她的头发，倦怠无力，暗暗觉得可悲又可怜，又恢复了常态。

"您并没有说谎。"她说。

在咖啡馆大厅的霓虹灯下，她注目看着肖万那副非人的、痉挛的面孔，她眼睛贪得无厌地看着。小孩最后一次从人行道上跑进来。

"现在外面已经天黑了。"他报告说。

他对着大门口不停地打着呵欠，转过身来望着她。这时他就躲在这里不出去了，嘴里还在哼着唱着。

"您看，真是不早了。请您告诉我吧，快点啊。"

"后来，时间果然到了，他认为他不这样……就不能真正接触到她。"

安娜·戴巴莱斯特抬起两只手,伸到她那件夏装开领上面袒露在外的颈上。

"就是这儿,对不对?"

"对对,就是那儿。"

那两只手又很通情理地顺从地放开来,从颈上滑落下来。

"我看您快点走吧。"肖万吞吞吐吐地说。

安娜·戴巴莱斯特从椅上站起来,直僵僵一动不动地站在大厅中间。肖万委顿地坐在那里没动。他已经不认识她了。老板娘放下手中的红毛线衣,察看着这两个人,她毫无顾忌地直直地看着这两个人。他们根本没有注意到她。小孩从门口跑进来,拉住他妈妈的手。

"来来,走吧。"

滨海大道上路灯已经照亮。今天比往常回来的时间晚得多,至少晚了一个小时。小孩最后一次唱着他的小奏鸣曲。他也唱得累了。街上几乎已经看不见行人。人们都回去吃饭了。过了第一道防波堤,漫长的滨海大道和平时一样,又展现在眼前。安娜·戴巴莱斯特停下来。

她说:"我太累了。"

"可我饿了。"小孩要哭似的说道。

他看见这个女人——他的母亲眼中泪光闪闪。他就不再抱怨了。

"你为什么哭呀?"

"不为什么,常常会这样。"

"我不愿意,我不要。"

"我的宝贝,好了好了。"

他顾不得妈妈,只管自己往前跑去,又跑回来,觉得夜里很好玩。夜里出门,在他还是不大习惯的。

"已经是夜里了,离家还远呢。"他说。

七

鲑鱼摆在银盘上。这银盘可是经过三代人经营购置起来的。冰鲑鱼依然保持它原来天然新鲜模样。一个男仆，身穿黑色正规服装，戴着白手套，把鲑鱼这道菜托在银盘上，尊贵得像是国王的儿子。晚宴于默默无声中开始。仆人把鱼送到每一位就座的客人面前。没有人开口说话，这里的气氛肃静优雅，合乎礼仪。

在花园北侧最边上，木兰花散发出浓烈的芳香，向海边沙丘渐渐散布开去，直到香气消散得无影无踪。今晚吹着南风。在滨海大道上，有一个男人在往来徘徊。也有一个女人，知道他在那里。

鲑鱼按照一定礼仪有条不紊地一人一人顺序传递下去。不过，每一个人都心怀鬼胎，唯恐这无比美好的气氛一下被打破，担心让什么过于显著的荒唐事给玷污。在外面，在花园里，木兰花正在这初春暗夜酝酿着它那带有死亡气息的花期。

回风往复地吹着，吹到城市种种障碍物上受到阻碍，然后又吹过来，花的芳香吹送到那个男人身上，又从他身边引开去，这样往复不已。

在厨房里，几个女人把随后的各种菜肴都准备得整整齐齐。她们额上流着汗，十分自得地给一只死鸭子煺毛去皮，放到像它的裹尸布似的香橙片中间[1]。这时，粉红色的、甜腻腻的鲑鱼，在短短的时间里就已经不成形了。这条曾经在海洋里自由自在畅游的鲑鱼，它那不可抗拒的走向灭亡的过程还在继续着，与

---

[1]　这就是下文所说的香橙烤鸭，法国名菜。

此同时，对礼仪上可能有什么欠缺担心，也渐渐烟消云散了。

一个男人，站在一个女人的对面，注视着这个已经变成不相识的女人。她的一对乳房仍半露在胸前。她匆匆忙忙整理她的衣裙。有一朵花萎谢在两个乳房之间。她张得大大的、放荡的眼睛里，有明澈清醒的光芒闪过，这一份清醒的神志已经足够，足以支持她去吃那别人已经吃过的、该轮到她去吃的一份鲑鱼。

在厨房里，人们终于敢大胆说：鸭子早已准备妥当，而且，搁了这段时间，幸好还是热热的，说她可是太不像话了。她今天晚上比昨天回来得更晚，她的客人已经等了很久。

请十五位客人，客人一直在底楼大厅里等着她。她一走进这珠光宝气的世界，就径直朝大钢琴奔去，忙用手臂支在钢琴上，告罪的话也没有说。大家忙给她让位子，请她坐下。

"安娜来晚了，请多多原谅安娜。"

十年来，她从来没有让人讲过她什么话。就算她言行失检，不合体统，在她也是不可想象的。她脸上挂着微笑，她看起来还过得去。

"安娜没有听见人家说话。"

她放下她手中的叉子，往四下看了看，试着把谈话引导起来，继续谈下去，但是没有做到。

"真的。"她说。

别人也重复着这句话。她拿手轻轻拢了拢她那散乱的金发，就像前不久她在另一个地方所做的那样。她的嘴唇惨白。她今晚忘了搽唇膏。

"很对不起，"她说，"弄了半天，就是因为一段迪阿贝利的小奏鸣曲。"

"小奏鸣曲？这么快？"

"就是这么快。"

就问了这么一句话，接下来是一片沉默。她仍然面带笑容，可是僵在那里不动，就像森林里一匹野兽一样。

"Moderato cantabile，他不懂吗？"

"他是不懂。"

木兰花将在今晚全部开放。她从海港回来采下的这一朵不在此列。时间像流水一样在消逝，开花时节也将同样一去不复返，消失在遗忘之中。

"宝贝，他怎么能懂得了？"

"他是不行啊。"

"他也许已经睡着了吧？"

"他睡了，是的，是的。"

身体里面的消化活动慢慢地从鲑鱼开始了。这些人，他们把这条鱼吃下去，他们的吸收是十全十美的，完全合乎礼节。肃穆的气氛一点也没有受到干扰。另一道菜已经准备好，摆在它的尸衣似的橙片垫底上，陈列在人的热气之中。一轮明月已经从海上升到天空，照在那个躺在海边上的男人的身上。现在，透过白色窗帘，勉强可以看到黑夜里各种各样的形状和体积。戴巴莱斯特太太却没有什么话可以拿出来谈一谈。

"吉罗小姐也教我的小鬼钢琴课，这你们是知道的，这个故事嘛，就是她昨天告诉我的。"

"是啊，是啊。"

大家笑语盈盈。围着餐桌的某一个位子上，坐着那么一个女人。谈话的范围渐渐扩大，大家竞相出力，你一言我一语，妙语迭出，谈得很热烈，某种社交气氛由此形成。窍门找到，缺口打开了，亲密无间的关系也就建立起来了。谈话一层层引向大家普遍偏袒一方这样的态度，也有个别人保持中立。晚宴进行得十分成功。女士们自信光艳照人。男人们按照他们的收支比例把她们打扮得珠光宝气。今晚只有一位先生对自己是否正确产生了怀疑。

花园正确无误地紧紧锁闭着，园中的鸟雀都已经静静地入睡，在睡眠中休养生息，因为天气太好了。那个小孩在同样的时间配合下也是这样。鲑鱼在它那已经缩小了的形态下，现在又传递过来。女人们把鱼都吃得精光。她们袒露在外的肩头闪闪发出光泽，表现出某种自信，自信社会基础牢固可靠，自信这种社会权力确凿无疑。这些女人所以被选中正是由于与这种信念相适应。她们的教养严格要求她们的行为必须稳健适度，不可逾分，把自己保养好才是她们顶顶重要的大事一桩。这一点，过去人们曾经对她们千叮万嘱，叫她们永世不忘。她们恰如其分地舐着嘴唇上沾着的绿色的蛋黄酱，她们在嘴唇上舐了又舐，舐得津津有味。那些男人在看着她们，没有忘记她们就是他们的幸福。

这天晚上，她们的胃口普遍都很好，她们当中只有一个人胃口不佳。她从市区另一头回来，那是在滨海大道的另一头，还要走过几道防波堤、几处油库，这个范围十年来一向是准许她去的。在那边，有一个男人请她喝酒，竟喝得神魂颠倒。酒喝得不加节制，再一吃东西，就把她弄得疲惫不堪。在白纱窗帘外面，是茫茫黑夜，在黑夜里，有一个男人，独自一个，一会儿望着大海，一会儿看着花园，反正他不愁没有时间。他还在探望着大海，注视着花园，张望着她的手。他没有吃饭。他也不想吃，因为他无法补养他正在忍受着另一种饥饿煎熬的身体。木兰花的浓香顺着风向一阵阵不停地扑来，扑到他身上，紧紧抓住他，纠缠不休，就像那唯一的一朵木兰花的芳香不停地侵袭他一样。在二楼，有一扇窗上的灯光熄灭了，再也没有亮过。在这一侧的窗子，大概都已经紧紧关闭，因为害怕这过度强烈的花香，花在夜里散发出来的浓烈的芳香。

安娜·戴巴莱斯特喝酒一直没有停过，因为波玛尔酒[1]带有今晚街上那个人并没有接触过的嘴唇的气息，可以毁灭一切的气息。

这人已经离开滨海大道，沿着花园走了一圈，沙丘在花园的北面，与花园相接，他站在沙丘上，看着花园。然后又踅回来，沿着斜坡走下去，一直走到下面的海滩上。他又在海滩上原来那个地方横身躺下来。他面对着大海，四肢五

1　法国著名的布尔戈尼红葡萄酒。

体伸开，一动不动，躺在那里，躺了一会儿，翻过身来，又一次朝着灯火明亮的窗口上的白窗帘望去。后来，他又站起来，捡起海滩上一块圆石，要向窗口投过去，但回转身来，他把那块石子抛到海里去了。他又躺下来，直直地躺在沙滩上，大声叫着，呼唤着一个人的名字。

两个女人互相配合，忙来忙去，在准备第二道菜。另一具牺牲，准备好了。

"您知道的，安娜在她的孩子面前是没有力量自卫的。"

她笑了笑。别人也在重复着这句话。她又把手抬起，伸到她那乱蓬蓬的金发上。她眼睛上的黑眼圈越来越大。今天晚上，她哭了。这时，月亮升到城区上空，照在那个躺在海边上的男人的身上。

"那是真的。"她说。

她的手从头发上放下来，落到在她两个乳房中间正在萎谢的木兰花上。

"咱们大家都是一样的，是的嘛。"

"是，是。"安娜·戴巴莱斯特说。

木兰花瓣柔腻光滑，光洁得不带半点毛糙。手指在搓着花瓣，把花瓣搓破，不能再搓了，手停住不搓了，放在桌上，手指在等待着，要拿什么，要触到什么，但是什么也没有拿到，什么也没有触到，一无所有。被人家看到了。安娜·戴巴莱斯特想笑一笑，表示歉意，表示这是无可奈何的，她已经醉了，她脸上现出显然可见的放荡表情。目光是滞重的，冷漠的，迟钝的，眼之所见已经不再感到有任何惊奇，是痛苦的。人们一直在等待着这样的情况发生。

安娜·戴巴莱斯特半闭着眼又把一杯酒喝干。她除了不停地喝酒以外，其他的事她都无能为力。她发现喝酒就是对她直到如今还是暧昧不明的欲望的证实，也是对这个发现的一种差强人意的安慰。

其他的女人也拿起酒杯来喝着，她们也同样抬起她们袒露着的手臂，那是令人快意的、无可非议的，也是作为妻子的手臂。在海滩上，那个男人吹着口哨，吹着今天下午在港口咖啡馆听到的一支歌。

明月高悬在天空，在月光之下，凄冷的深夜已经开始。那个男人不会不感到寒冷。

开始上香橙烤鸭了。女人开始吃烤鸭。人们选中这些又美又强健的女人，她们面对佳肴美味一向是奋不顾身的。她们一看到烤得金黄的肥鸭，喉咙里就发出轻柔的呼呼声响。这些女人当中有一个女人，一看到鸭子就昏厥过去了。她的嘴发干，正在经受另一种饥渴的煎熬，只有酒可以勉强平息这种饥渴，这种饥渴是无法解除的。她心中忽然想到那支歌，今天下午在港口咖啡馆听到的那支歌，但是她不能唱。那个男人孤独一个人，一个孤零零的身体，躺在沙滩上。他的嘴微微张开，正在呼唤着一个人的名字。

"不要了，谢谢。"

在那男人紧紧闭起的眼皮上，只有海风吹拂，还有木兰花的香气，木兰花的香气像是不可捉摸的汹涌的波浪，随着风的起伏在波动。

刚刚上来的这道菜，安娜·戴巴莱斯特不想吃。盘子仍然摆在她面前，时间虽然不长，但在这短短的时间内，举座为之不欢。她照着过去学来的规矩，她扬一扬手，再一次表示不想吃。大家也不勉强。在桌上，在她四周，是一片沉默。

"哎呀，我吃不下，请原谅我吧。"

她再一次抬起手来，举到她胸前戴有那朵花的地方。花正在凋谢萎落。可是花的芳香穿过花园一直飘到海上。

"也许是因为这朵花吧，"有人冒昧地说，"它的香味多么厉害！"

烤鸭传递下去，有一个人，坐在她的对面，正在冷冷地看着。她竭力想笑一笑，可是笑不出，现出一副沮丧的丑相，不加掩饰的放任。安娜·戴巴莱斯特已经醉了。

大家一再问她是不是病了。她没有病。

有人还是坚持说："是不是这朵花暗中害得人恶心难受？"

"不不，这种花的气味我习惯了。因为我并不饿，不想吃。"

大家让她静静坐着。吞吃烤鸭开始了。烤鸭的肥油在另一些身体里面溶解了。街上遇见的那个男人，他闭起的眼皮在长时间的忍耐中颤动着，这忍耐是心甘情愿的。他的内部已经受伤的身体感到寒冷，不论是什么都不可能使他再感到温暖了。他的嘴在默念着一个人的名字。

在厨房里，有人通知说她烤鸭不想吃，说她病了，此外，也没有什么别的解释可说。在这里，人们谈的是另一些事。不具形的木兰花在抚慰着那个孤独的男人的眼睛。安娜·戴巴莱斯特又一次拿起她那刚刚斟满的酒杯，把酒喝下去。和别人不同，她那中邪的肚皮，烈酒的火焰在喂养着它的饥饿。她的乳房垂在一朵这么沉重的花的两侧，新出现的消瘦病瘠已经可以感觉到，让她感到阵阵作痛。她的嘴里含着一个人的名字没有说出来，酒就从这张嘴灌下去。无声无息暗中发生的事件已经把她五脏六腑摧折撕裂。

那个男人从沙滩上站起来，一步一步走近铁栅栏墙，那些窗口一直灯火通明，他双手抓住铁栏，紧紧抓住铁条，那件事怎么到现在还没有发生？

烤鸭将要再一次在桌上传递。安娜·戴巴莱斯特仍然要用同样的手势请求别人不要管她、随她去。人们不会去注意她的。她忍受着腰肢撕裂那样的剧痛，像野兽一样无声地躲在洞穴中喘息。

那个男人把紧抓着围墙上铁栏的两手放开。他看看他空空的双手，看着他那因为用力过猛扭曲变形的手。命运，把他远远地抛开了。

海风在城区四处回旋吹动，风更冷了。大多数人都已经睡去；二楼窗口一直没有一点光亮，对着木兰花，所有的窗子都紧紧关闭。小孩已经睡去。在他天真无邪的睡梦里，红色的汽船正在波浪上航行。

有几个人还在吃着烤鸭。谈话渐渐变得顺畅了，黑夜随着也一分钟一分钟地消逝。

在枝形吊灯耀眼的光辉下，安娜·戴巴莱斯特沉默着，没有说话，可是一直在微笑。

　　那个男人决心离开花园，回到城区那一头去。他渐渐走远，木兰花的芳香逐渐减弱，海的气息越来越浓重。

　　安娜·戴巴莱斯特吃了一点咖啡味的冰淇淋，免得别人来打扰她。

　　那个男人不由自主又转身回来，他又找到了木兰花，铁栅栏围墙，还有远处的窗口，闪耀着光亮的窗口。他今天下午听到的那支歌又在他嘴上出现，嘴里的那个名字又叫了出来，而且叫得更响。他一直往前走去。

　　她也记得它。戴在她乳房之间的那朵木兰花完全凋谢了。这朵花在一小时之内度过了一个夏季。那个男人迟早一定会绕过这座花园。他已经走过去了。安娜·戴巴莱斯特在某种姿态下继续不断地在祈求着这朵花。

　　"安娜没有听见。"

　　她想再笑一笑，再也笑不出来了。有人在重复说这句话。她最后一次抬起手来，拢一拢她那蓬乱的金发。眼睛上的黑圈还在扩大。今天晚上，她哭了。人们是为了她，仅仅为了她一个人，在反反复复说着谈着，人们好像都在等待着什么事情发生。

　　她说："那是真的，我们要离开这里，住到海边的一座房子里去。天会很热的。在海边上，住在一座孤立隔绝的屋子里。"

　　"宝贝儿子呵。"有人说。

　　"是的。"

　　这时客人纷纷走到与餐厅相接的大客厅。安娜·戴巴莱斯特退身走出，上楼，到了二楼。在生活中常常走过的过道一侧的大窗口，她站在那里往下看，看着滨海大道。那个男人大概早已走了。她走到孩子的房间里，一进门就躺倒在孩子床前地上，顾不得会把乳房中间的木兰花压碎，这花早已不称其为花了。她的孩子睡在那里，平静地呼吸着，在这神圣的时刻，就在那里，她呕吐了，吐了很久，今晚她迫不得已吃下去的奇怪的食物都吐出来了。

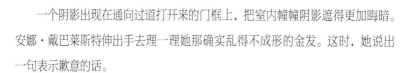

　　一个阴影出现在通向过道打开来的门框上，把室内幢幢阴影遮得更加晦暗。安娜·戴巴莱斯特伸出手去理一理她那确实乱得不成形的金发。这时，她说出一句表示歉意的话。

　　那个人没有回答她。

八

　　依然是好天气。好天气持续这么久，是料想不到的。人们现在是面带微笑议论着这种天气，仿佛这天气是虚假的、捏造出来的，在它持续这么久的背后可能隐藏着什么不正常的东西，很快便可见分晓，人们只有在一年季节按照常规稳定下来时才会感到放心。

　　这一天，连同以前好多天，都是那么好的好天气，这当然是就当前季节而言，因此，只要天上浮云不多，晴朗的天空持续一些时间，人们就认为天气会变得更好，只是季节来得早了些，更临近夏季了。天上的流云游得非常缓慢，遮不住太阳，浮云是那样迟缓沉重，也不可能遮住太阳，所以，这一天的天气几乎比前几天的天气要更好。再加上伴随而来的微风，是从海上吹来的海风，温润柔和，非常像此后几个月份某些日子里将要吹起的那种海风。

　　有人认为这一天气温已经算是很热了。大多数人却不以为是这样——不是说天气不好，而是说，正因为天气这般美好，所以这一天应该是热的。还有一些人没有什么定见。

　　安娜·戴巴莱斯特是在她上一次到港口散步后的第三天又来到这个地方。她比往常到得晚一些。肖万远远见她从防波堤后面走来，就踅回咖啡馆去等她。她没有带孩子来。

安娜·戴巴莱斯特走进咖啡馆，这时天上一大片晴空已经持续了很久。老板娘头也不抬，看也不看她，继续在柜台后面暗处织她那件红毛线衣。她这件毛衣已经织得很长了。安娜·戴巴莱斯特走到大厅靠里面，在前几天他们一直坐着的那张台子那里找到了肖万，肖万今天早上没有刮脸，是前一天晚上刮的，安娜·戴巴莱斯特也没有整容，往常她都是精心修饰过才出门的。不论是他还是她，无疑谁也没有注意到这一细节。

"就您一个人来。"肖万说。

他说到这一件明摆着的事实，过了很久，她才点头表示"是"。她想回避也无从回避，不禁暗暗吃惊。

"是的。"

回答这么简单，简直让人透不过气来。为了避开这种局面，她侧过脸去看着咖啡馆门口，望着外面的大海。海岸冶炼厂在市区南面发出嗡嗡响声。在港口那里，像往常一样，驳船正在往下卸砂石煤炭。

"天气很好。"她说。

肖万和她一样，张望着门外，不经心地探望着天气，无目的地察看着这一天的气象。

"我没有料到来得这么快。"

老板娘见他们坐在那里总是不说话，她只管自己坐着，打开收音机，没有什么不耐烦的，她的态度甚至是和蔼可亲的。收音机打开，一个女人的声音在唱一支曲子，像是在远方，在遥远的异国的某一个城市。安娜·戴巴莱斯特探过身子来靠近肖万。

"这个星期以后，我就不来了。我的孩子由别人带他到吉罗小姐家里去上钢琴课。由别人代我做这件事，我已经同意了。"

杯里剩下的酒，她一小口一小口地喝着。她的杯子空了。肖万忘了去叫酒。

"这样，肯定比较好。"他说。

一位顾客走进门来，是孤零零一个人，就一个人，无聊的样子，走进来也同样要了酒。老板娘给他斟酒，接着她就走到厅堂里去给另外那两位并没有喊她的顾客倒酒。他们马上就一起喝起酒来，理也不理她。安娜·戴巴莱斯特说话很快，很急切。

　　她说："这酒，上一次我都吐掉了。我喝酒还没有几天……"

　　"今后就不要紧了。"

　　"我求求您……"她哀求着。

　　"找一些什么话来谈谈，要不然就什么也不说，随您的便。"

　　她察看着咖啡馆，接着又细细地看他，她把这地方整个地看了又看，又好好把他端详又端详，期求着某种救援，但是一无所得。

　　"我常常呕吐，不过原因和这一次不一样。您明白，原因各不相同。一次喝得那么多，一下子喝下去，在那么短促的时间里，我从来没有这个习惯。所以我吐了。我怎么也控制不住自己，我相信我是再也不能控制自己了，可就那么一下子，实在无能为力，再也不可能了，尽力去做也都是白费。坚持不下去，意志力没了。"

　　肖万把臂肘支在桌上，两手抱着头。

　　"我也累死了。"

　　安娜·戴巴莱斯特把他的酒杯注满酒，拿给他。肖万没有拒绝她。

　　"我不说话好了。"她抱歉地说。

　　"不不。"

　　他把他的手伸到她的手边，就那样搁在桌上，隐没在他的身体的黑影中。

　　"花园的门上牢牢地上了锁，像往常一样。那天天气很好，有一点风。在楼下，窗子都亮着。"

　　老板娘放下她手里的红毛线衣，去洗酒杯，他们是不是又要一坐很久，她也不去操那个心了，这在她倒是第一次。下工的时间快要到了。

"咱们再也没有多少时间了。"肖万说。

太阳西斜。他用眼睛追踪着大厅后墙上日影缓缓移动。

安娜·戴巴莱斯特说:"这小鬼,我还没有来得及告诉您……"

"我知道。"肖万说。

她把她的手从桌上抽回,久久看着肖万一直放在桌上的那只手,他的手在那里颤抖着。她轻轻地呻吟,发出等得不耐烦的申诉——收音机的声音把它掩盖下去了——只有他是听得到的。

她说:"有时,我觉得他是我空想出来的……"

"我知道,为了这个孩子。"肖万粗暴地说。

安娜·戴巴莱斯特呻吟着,抱怨着,声音比刚才要强烈。她又把手旋回到桌上。他眼睛看着她的动作,好不容易他明白了,他抬起他的沉重僵硬的手,放到她的手上。他们的手冰冷,两只手遇到一起,虽有实无,仅仅是在意向中交接在一起。目的就是为了这样做,仅仅是在意向中做到这一步,别无其他,除此之外,都是不可能的。他们的手,就像这样,放在一起,在死亡的姿态下僵化了。安娜·戴巴莱斯特的哀叹就此停止。

"最后一次了,"她哀求着,"告诉我吧。"

肖万犹豫不定,眼睛一直在看着别处,看着大厅的后墙,接下去,他决心还是讲出来,就像是讲起一件往事一样。

"以前,在遇到她之前,他从来没有想到他终于也会有这一天,也会有那种愿望。"

"她完全同意吗?"

"完全同意,简直令人惊奇。"

安娜·戴巴莱斯特抬起眼来失神地看他一眼。她的声音柔细,几乎像是小孩的声音。

"我真想知道为什么这一天竟出现这样美好的愿望。"

肖万自始至终都不去看她。他说话声音沉稳，平板，无动于衷。

"用不着知道。也不可能理解到这种地步。"

"像这一类事就该搁在一边听它去?"

"我想是的。"

安娜·戴巴莱斯特脸上的表情变得死气沉沉，几乎是一脸蠢相。她的嘴唇也失去血色，成了一片死灰。她的嘴唇不停地颤抖，像是要哭的样子。

她声音低低地说："她没有想办法去阻止他。"

"没有。咱们再喝一点酒吧。"

她喝酒，一直一小口一小口地喝，接着他也拿起酒杯喝酒。他的嘴唇也在酒杯上瑟瑟战栗。

"需要时间。"他说。

"必须要很久很久才行?"

"很久，我想是的。不过我也不知道。"他又低声说。

"我不知道，和您一样。什么都不知道。"

安娜·戴巴莱斯特并没有流下泪来。她说话的声音又恢复了平静，清醒了一下。

"她从此就再也没有说话。"她说。

"怎么没有。有一天，是在早晨，她突然遇到一个她认识的人，她没有别的办法，只好致意问好。或者是她听到一个小孩唱歌，她想象那美好的天气，她说，天气真好。这样，就又说话了。"

"不，不。"

"这是您要那样想，其实并没有什么关系。"

汽笛响了，声音很响，市区各个角落，甚至更远的近郊区，四郊的村镇，随着海风，这汽笛的响声都可以愉快地听到。夕阳照在咖啡馆大厅的墙上，发出更深的红褐色的光芒。像往常的黄昏时分一样，天空在静静的云团之间，静谧地稳定不变；由于没有云雾遮着太阳，太阳的最后的光辉通行无阻地四下投射出来。这一天傍晚，汽笛声不停地拉了很长时间。和往常一样，最后还是停止不响了。

"我害怕。"安娜·戴巴莱斯特喃喃地低声说。

肖万上身往桌子上靠近，找她，靠近她，后来，他又放弃了。

"我不能。"

他没有能做到的事，现在她要做到。她向他凑近去，往前靠拢，让他们的嘴唇接合在一起。他们的嘴唇叠在一起，互相紧紧压在一起，目的就是为了这样，就像刚才他们冰冷战栗的手按照葬礼仪式紧紧握在一起一样。就是这样。

邻近街道上传来低低的嘈杂人声，中间还夹杂着悄悄的愉快的呼叫声。兵工厂已经大门敞开，八百名职工一拥而出。兵工厂离这里并不远。老板娘打开柜台上一排灯光，照得通明，尽管落日的余晖也很耀眼。她犹豫了一下，然后她就走到他们跟前，他们什么话也没有说，她最后一次关切地给他们倒好酒，他们并没有向她要酒。酒倒好以后，她就站在他们旁边，他们还是靠得很近的，她站在那里不走，想找一些什么话和他们说说，一下又找不出什么话来说，只好走开了。

"我害怕。"安娜·戴巴莱斯特又一次这样说。

肖万不说话。

"我怕。"安娜·戴巴莱斯特几乎叫出声来。

肖万始终不说话。安娜·戴巴莱斯特上身俯下去，前额几乎触到桌面，她敢于承担一切，她不怕。

"就在我们现在这样的处境下坚持下去吧。"肖万说。

他又说："这样的事有时是必然要发生的。"

有一群工人进了咖啡馆。他们已经看到这两个人。他们故意避开不去看他们，这件事，他们也听说了。老板娘，甚至全城都已经风闻其事。咖啡馆里充满着各种不同的谈话声，由于羞耻之心，谈话声变得低沉沉的。

安娜·戴巴莱斯特站起来，她还想越过桌子更靠近肖万一些。

"也许我不会走到那一步。"她喃喃地说。

她说的话，也许他没有听见。她把身上穿的上衣整一整，扣上纽扣，把上衣紧紧裹在身上，又忍不住凶野地呼呼叫了起来。

"那不可能。"她说。

肖万只是听着。

"再等一分钟，"他说，"我们也会走到那一步。"

安娜·戴巴莱斯特在等着这一分钟，随后，她想从椅子上站起来。她起身站起来了。肖万眼睛看着别的地方。咖啡馆里那些男人的眼睛纷纷避开，不去看这个通奸的女人。她终于站起来了。

"我真希望您死。"肖万说。

"完了。"安娜·戴巴莱斯特说。

安娜·戴巴莱斯特把椅子转了一个身，这样，也就不可能再坐回去了。然后，她往后退了一步，又转过身来。肖万举手在空中挥了一下，手就垂落在桌上。她看也不看他，从他坐着的那个地方走开了。

她转过身来，朝着落日的方向，穿过站在柜台前的一群人，来到一片红光之下，这红光标志着这一天的终点。

她走出门去以后，老板娘加大了收音机的音量。有几个人在抱怨，他们不喜欢声音太大。

鉴评：那像葬礼仪式一般的告别之吻

自从福楼拜在他的长篇小说里创造出包法利夫人这个著名的典型的妇女形象后，在文学中就出现了"包法利夫人化""包法利夫人式""包法利夫人情调"之类的用语，其含意不外是指已婚妇女向往婚外爱情的心态，以及她为获得这种爱情而做的种种尝试与努力。婚外爱情在人类现实生活中是常见的现象，在文学中也不胜枚举，以福楼拜的《包法利夫人》中的事例最为有名。

《琴声如诉》就属于这一个大的文学题材类别。女主人公安娜·戴巴莱斯特似乎什么也不缺，舒适的家庭、有钱有地位的丈夫、自己所钟爱的孩子、悠闲的生活、上层社会的朋友……但她把眼光与注意力越出了自己的生活圈子，在企望着什么，在等待着什么。如果没有咖啡馆里发生的那个惨案——一个男人在与自己热烈相爱的情妇的要求下开枪结束了她的生命，也许什么也不会表露出来，什么事也不会发生，但这个惨案提供了一个机遇，正是在这个惨案的地点环境中，她认识了蓝眼睛的青年肖万；这个惨案也给他们提供了一个共同的话题，一个精神会见所，一个感情交流点。于是，它也就像一面镜子映照出他们内心深处的某些东西，以及由于这些东西他们将会走向何处的预兆。从这里，我们很快就发现安娜·戴巴莱斯特不自觉地在企望与等待婚外的爱情，就像十九世纪那个外省妇女包法利夫人，等待着她的生活中出现一个情人一样。

然而，安娜·戴巴莱斯特与包法利夫人有一个很大的区别。如果说，包法利夫人所企望的是一种浪漫、风流、享乐主义的婚外恋的话，那么，安娜·戴巴莱斯特所等待的却绝非逢场作戏、肉体享乐，而是一种认真的、深刻的、强烈的、揪心的、要死要活的爱情，一种惊心动魄得像那个惨案一样的爱情——在那个惨案里，那一对相爱的情人在现实社会的条件下不可能实现他们之间绝对的爱情，其中一人竟要求死于对方之手，这种绝对的狂热的爱，正是安娜·戴巴莱斯特所属于的那个社会阶层与生活圈子里所没有的。她遇见了肖万，他们之间那种震撼肺腑的情感与他们所处的环境，看来必将使他们走上咖啡馆里那一对情人的道路，于是，这惨案在小说里，也就成为一面名副其实的镜子，它照出了安娜与肖万的未来，就像《红楼梦》里的太虚幻境预示着一些人物将来的命运。

在现实生活中，认真的爱情，几乎倾注了整个生命的爱情，总远远比逢场作戏的爱情、满足于一夕之欢的爱情难以存活，在各种各样现实条件的束缚与制约下，认真的爱情往往是绝望的。安娜与肖万面前的道路，就是一条绝望的路。

首先，是社会环境的压力。法国外省环境的褊狭性，从来就是很有名的。对此，司汤达在一篇文章里讲得很形象："每一个女人都在监视她的女邻人，世上是不是还有比这更完备的警察制度，那只有天知道了，一个男人上某家去六次，只要这家有个姿色稍微过得去的女人，肯定会在左邻右舍引起纷纷议论，而且这种警觉的监视制度给人的惩罚是可怕的……它带来了普遍的蔑视，而法国人的性格是什么都能忍受，唯独不能忍受当众表示出来的蔑视，这些在女邻居们眼里稍微受到爱情连累的不幸女人，每一年我们都能看到她们中间有人用自杀来结束从此以后无法忍受的生活。"包法利夫人就是死于这种环境，而且，福楼拜还曾强调指出，正是在这样的外省环境中，还有好些包法利夫人在"忍受苦难，伤心饮泣"。当然，杜拉斯写的不是过去的十九世纪而是二十世纪的外省滨海小城，然而在这里，那种褊狭性的遗风似乎还依然犹存。安娜与肖万接近的消息在整个小城里早已不胫而走，咖啡馆里，有一双双毫无顾忌地盯着他们的眼睛，有当场低声的议论，甚至在安娜家的晚宴上，客人们也怀着明显的恶意，观察着她的一切，等待丑闻的出现。

除了这种社会环境的压力外，一个是工厂的老板娘，一个是厂里的青年工人，地位悬殊，而且，安娜还有一个舍不得的小孩，这一切使她与肖万认真的爱情将是绝望的爱情、不可能的爱情，使她下不了决心进入那一场要死要活、后果不堪设想的爱情，而他们双方，似乎又都没有逢场作戏的兴趣，于是，就有了小说最后那像葬礼仪式一般的告别之吻。

玛格丽特·杜拉斯可说是当代法国文学中的写情圣手，她的作品往往都以爱情为题材，她很喜欢写这种认真的、难以存活的爱情，也很善于写这种绝望的爱。在她风靡全球的电影作品《广岛之恋》里，一个法国少女与一个单纯的德国士兵相爱，这种爱情既不合法存在于战争时期，也不能见容于战争即将结束、和平生活即将来到之际，她只能趴在中了冷枪的情人身边，眼见着他在那里慢慢咽气。在另一部著名的剧作《长别离》里，妻子怀着深厚的柔情与怜爱，以千方百计的提示启发，甚至近乎发狂的呼唤，力求唤起丈夫的回忆，他在战争中因头部被法西斯毒打而丧失了全部记忆，妻子那么坚毅的努力却无济于事，她仍然陷于亲人近在咫尺而又无法相认的"长别离"的境地。杜拉斯总是致力于表现人物撕肝裂肺的痛苦，这使她的爱情作品带有浓厚的悲剧色彩。然而，她又总是把痛苦维持在她的人物所能承受的限度之内而不至于使他们活不下去，伴随着岁月，痛苦犹存，创伤仍隐隐可感，这就构成了杜拉斯爱情作品中常有的哀伤惆怅、缠绵不尽的基调。

　　杜拉斯是一个在艺术上具有强烈创新意识的作家，她在小说艺术方面的创新努力之一，就是把电影手法引入了小说创作。在《琴声如诉》的第七节里，描述之笔不断往返于客厅里的晚宴与外面的海滩之间，往返于分隔在两个不同空间的男女主人公的形象与表情之间，就是明显地借用了电影蒙太奇手法，这不仅象征性地表现了这场不可能的爱情中的间隔与鸿沟，而且表现了男女主人公异地相思之苦，其简明对比的形象描绘与排比式的语句结构所带来的高度的抒情效果，是传统的小说技巧所不具有的。

繁星

[法国] 都德
柳鸣九 译

作者简介

　　都德（1840—1897），法国作家。生于一个破落商人家庭，年轻时很早就独自谋生，在小学里担任教员，后到巴黎投身于文学创作。主要作品有短篇小说《磨坊文札》《月曜故事集》，长篇小说《小东西》《达拉斯贡的戴达伦》《富豪》《不朽者》等。都德的作品具有柔和幽默的风格，对现实微温的嘲讽和亲切动人的艺术力量。

　　在吕贝龙山上看守羊群的那些日子里，我常常一连好几个星期看不到一个人影，孤单单地和我的狗拉布里以及那些羔羊待在牧场里。有时，于尔山上那个隐士为了采集药草从这里经过，有时，我可以看到几张皮埃蒙山区煤矿工人黝黑的面孔；但是，他们都是一些纯朴的人，由于孤独的生活而沉默寡言，不再有兴趣和人交谈，何况他们对山下村子里、城镇里流传的消息也一无所知。因此，每隔十五天，当我们田庄上的驴子给我驮来半个月的粮食的时候，只要我听到在山路上响起了那牲口的铃铛声，看见在山坡上慢慢露出田庄上那个小伙计活泼的脑袋，或者是诺拉德老婶那顶赭红色的小帽，我简直就快活到了极点。我总要他们给我讲山下的消息，洗礼啦，婚礼啦，等等；而我最关心的就是斯苔法内特最近怎么样了，她是我们田庄主人的女儿，方圆十里最漂亮的姑娘。我并不显出对她特别感兴趣，装作不在意的样子打听她是不是经常参加节庆和晚会，是不是又新来了一些追求者；而如果有人要问我，像我这样一个山沟里的牧童打听这些事情有什么用，那我就会回答说，我已经二十岁了，斯苔法内特是我一生中所见过的最美的姑娘。

可是，有一次碰上礼拜日，那一天粮食来得特别迟。当天早晨，我就想："今天望弥撒，一定会耽误给我送粮来。"接着，将近中午的时候，下了一场暴雨，我猜测，路不好走，驴子一定还没有出发。最后，在下午三点钟的光景，天空洗涤得透净，满山的水珠映照着阳光闪闪发亮，在叶丛的滴水声和小溪的涨溢声中，我突然听见驴子的铃铛在响，它响得那么欢腾，就像复活节的钟群齐鸣一样。但骑驴来的不是那个小伙计，也不是诺拉德老婶。而是……瞧清楚是谁！我的孩子们哟！是我们的姑娘！她亲自来了，她端端正正地坐在柳条筐之间，山上的空气和暴风雨后的清凉，使她脸色透红，就像一朵玫瑰。

小伙计病了，诺拉德婶婶到孩子家度假去了。漂亮的斯苔法内特一边从驴背上跳下来，一边告诉我，还说她迟到了，是因为在途中迷了路；但是，瞧她那一身节日打扮，花丝带、鲜艳的裙子和花边，哪里像刚在荆棘丛里迷过路，倒像是从舞会上回来得迟了。啊，这个娇小可爱的姑娘！我的一双眼睛怎么也看不厌她。我从来没有离这么近地看过她。在冬天，有那么几回，当羊群下到平原，我回田庄吃晚饭的时候，她很快地穿过厅堂，从不和下人说话，总是打扮得漂漂亮亮，显得有一点骄傲……而现在，她就在我的面前，完全为我而来，这怎么不叫我有些飘飘然？

她从篮筐里把粮食拿出来后，马上就好奇地观察她的周围，又轻轻地把漂亮的裙子往上提了提，免得把它弄脏。她走进栏圈，要看我睡觉的那个角落，稻草床、铺在上面的羊皮、挂在墙上的大斗篷、牧杖与火石枪，她看着这一切很开心。

"那么，你就住在这里啰，我可怜的牧童？你老是一个人待在这里该多烦呀！你干些什么？你想些什么？"

我真想回答："想你，女主人。"而我又编不出别的谎话来；我窘得那么厉害，不知说什么好。我相信她一定是看出来了，而且这坏家伙还因此很开心，用她那股狡猾劲使我窘得更厉害：

"你的女朋友呢，牧童，她有时也上山来看你吗？……她一定就是金山羊，要不然就是在山巅上飞来飞去的仙女埃丝泰蕾尔……"

而她自己，在跟我说话的时候，仰着头，带着可爱的笑容和急于要走的神气，那才真像埃丝泰蕾尔下了凡，仙姿一现哩。

"再见，牧童。"

"女主人，祝你一路平安。"

于是，她走了，带着她的空篮子。

当她在山坡小路上消失的时候，我似乎觉得驴子蹄下滚动的小石子，正一颗一颗掉在我的心上。我好久好久听着它们的响声；直到太阳西沉，我还像做梦一样待在那里，一动也不敢动，唯恐打破我的幻梦。傍晚时分，当山谷深处开始变成蓝色，羊群咩咩叫着回到栏圈的时候，我听见有人在山坡下叫我，接着就看见我们的姑娘又出现了，这回她可不像刚才那样欢欢喜喜，而是因为又冷又怕，身上又湿，正在打战。显然她在山下碰上了索尔格河暴雨之后涨水，在强渡的时候差一点被淹没了。可怕的是，这么晚了，她根本不可能回田庄了，因为抄近的小路，我们的姑娘是怎么也找不到的，而我，又不能离开羊群。要在山上过夜这个念头使她非常懊恼，我尽量使她安心：

"在七月份，夜晚很短，女主人……这只是一小段不好的时光。"

我马上燃起了一大堆火，好让她烤干她的脚和她被索尔格河水湿透了的外衣。接着，我又把牛奶和羊奶酪端到她的面前，但是这个可怜的小姑娘既不想暖一暖，也不想吃东西，看着她流出了大颗大颗的泪珠，我自己也想哭了。

夜幕已经降临。只有一丝夕阳还残留在山巅之上。我请姑娘进到"栏圈"去休息。我把一张崭新漂亮的羊皮铺在新鲜的稻草上，向她道了晚安之后，就走了出来坐在门口……上帝可以做证，虽然爱情的烈火把我身上的血都烧沸腾了，可我并没有起半点邪念；我想着：东家的女儿就躺在这个栏圈的一角，靠近那些好奇地瞧着她熟睡的羊，就像一只比它们更洁白更高贵的绵羊，而她睡在那里完全信赖我的守护，这么想着，我只感到无比的骄傲。我这时觉得，天空从来没有这么深沉，群星也从来没有这么明亮……突然，"栏圈"的栅门打开了，美丽的斯苔法内特出来了。她睡不着。羊儿动来动去，使稻草沙沙作响，它们在梦里还发出叫声。她宁愿出来烤烤火。看她来了，我赶快把自己身上的羊皮披在她肩上，又把火拨得更旺些，我俩就这样靠在一起坐着，什么话也不讲。如果你曾经在迷人的星空下过夜，你当然知道，正当人们熟睡的时候，在夜的一片寂静之中，一个神秘的世界就开始活动了。这时，溪流歌唱得更清脆，池塘也闪闪发出微光。山间的精灵来来往往，自由自在；微风轻轻，传来种种难以察觉的声音，似乎可以听见枝叶在吐芽，小草在生长。白天，是生物的天地；夜晚，就是无生物的天地了。要是一个人不经常在星空下过夜，夜就会使他感到害怕……所以，我们的小姐一听见轻微的声响，便战栗起来，紧紧靠在我身上。有一次，从下方闪闪发亮的池塘发出了一声凄凉的长啸，余音缭绕，直向我们传来。这时，一颗美丽的流星越过我们的头顶坠往啸声的方向，似乎我们刚才听见的那声音还携带着一道亮光。

"这是什么？"斯苔法内特轻声问我。

"女主人，这是一个灵魂进入了天国。"我回答她，画了一个十字。

她也画了一个十字，抬着头，凝神片刻，对我说："这是真的吗？牧童，你懂巫术吗？你们这些人都懂吗？"

"没有的事！我的小姐。不过，我们住在这里，离星星比较近，所以对天上发生的事比山下的人知道得更清楚。"

她一直望着天空，用手支着脑袋，身上裹着羊皮，就像天国里的一个小牧童。

"瞧！那么美！我从来没有见过这么多星星……牧童，你知道这些星星的名字吗？"

"知道，小姐……你瞧，在我们头顶上的是'圣-雅克之路'（银河）。它从法国直通西班牙。这是加里斯的圣-雅克在正直的查理大帝与阿拉伯人打仗的时候，为了给他指路而标出来的。再远一点，你可以看见'灵魂之车'（大熊星座）和它四个明亮的车轴。走在前面的三颗星是三头牲口，对着第三颗的那一颗很小的星星，就是车夫。你看见周围那一大片散落的小星吗？那都是仁慈的上帝不愿意接纳进天国的灵魂……稍微低一点，那是'耙子'或者叫'三王'，这个星座可以给我们牧人当时钟，我现在只要朝它一望，就知道已经过了午夜时分。再稍微低一点，老是朝着南方的是'米兰的约翰'，它闪闪发亮，是群星的火炬（天狼星）。我给你讲讲我们牧人关于它的传说。有一天夜里，'米兰的约翰'和'三王'以及'北极星'（昴星），被邀请去参加它们朋友的婚礼。'北极星'急急忙忙从上面那条路先出发了；'三王'从下面那条路抄近赶上了它；但'米兰的约翰'这个懒家伙，它睡得很迟才起来，一直落在后头，它很恼火，为了阻拦它的同伴，就把自己的拐杖向它们扔去。所以，'三王'又叫作'米兰的约翰的拐杖'……不过，所有这些星星中最美的一颗，是我们自己的星，那就是'牧童的星'，每天清晨，当我们赶出羊群的时候，它照着我们，而到晚上，当我们驱回羊群的时候，它也照着我们。我们还把它叫作'玛凯洛纳'，美丽的玛凯洛纳追在'普罗旺斯的皮埃尔'（土星）的后面，每隔七年就跟它结一次婚。"

"怎么！牧童，星星之间也有结婚的事？"

"有的，小姐。"

正当我想向她解释星星结婚是怎么一回事的时候，我感到有件清凉而柔细的东西轻轻地压在我的肩上。原来是她的头因为瞌睡而垂了下来，那头上的丝带、花边和波浪似的头发还轻柔可爱地紧挨着我。她就这样一动也不动，直到天上的群星发白，在初升的阳光中消失的时候。而我，瞧着她睡着了，心里的确有点激动，但是，这个皎洁的夜晚只使我产生美好的念头，我得到了它圣洁的守护。在我们周围，群星静静地继续它们的行程，柔顺得像羊群一样；我时而这样想象：星星中那最秀丽最灿烂的一颗，因为迷了路，而停落在我的肩上睡觉……

鉴评：迷路的星星落在我的肩上

我第一次读到都德的《繁星》是多年前的事了。那时还在大学里，刚学会从原文去领略巴尔扎克、雨果、司汤达这些人精神上的风采，当时感到都德的小说有一种特别的吸引力，它的文体是那么简约明澈，优美自然，有如一泓清水。在这点上他可与莫泊桑媲美，但他优于莫泊桑的是，笔端有浓烈的感情，在那平易轻淡的描述里，有着一种由深沉的感情而产生的柔和诗意。特别是《繁星》，似乎更集中了都德在风格上的优美，它是那么纯朴动人，就像一首散文诗一样。它既不是那种以巨大的艺术力量提出了重大社会问题的杰作，也不是提供了生动广阔的社会画面的名篇，它只是一个牧童的自述，短短的，翻译成中文，还不到四千字！

《繁星》是一篇爱情小说。既然是爱情小说，那么，首先就应该把爱情写得动人、写得深刻才行。如果爱情本身写得不动人，即使思想和社会意义再鲜明、再强烈，也不能算是一篇好的爱情小说。《繁星》似乎很懂得自己的

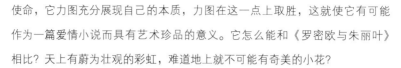

使命，它力图充分展现自己的本质，力图在这一点上取胜，这就使它有可能作为一篇爱情小说而具有艺术珍品的意义。它怎么能和《罗密欧与朱丽叶》相比？天上有蔚为壮观的彩虹，难道地上就不可能有奇美的小花？

《繁星》的美从何而来呢？"因为它像一首牧歌。"在人们的印象中，牧歌往往是以优美的大自然、宁静的田园生活、纯朴的劳动者和动人的恋爱故事为内容而构成一种美的风格。但历史上真正牧歌主题的佳作并不多，在更多时候，这类作品的格调倒是相当低劣。十七世纪有名的牧歌小说《阿丝特莱》细致地描写了一对牧童牧女悲欢离合的爱情故事和缠绵悱恻的感情纠葛，曾经在整整三十年间使上流社会为它流泪、叹息，其实它写的并不是真正的牧人，而只是披着田园外衣的贵族上流社会的生活。到十八世纪，牧歌主题又在绘画中风行一时，但画幅中那些谈情说爱的牧童牧女忸怩作态，卖弄风情，叫人一看便知是贵族男女换上了村民的服装。总之，这类作品的毛病就在于假。都德写的似乎也是一首牧歌，他保存了牧歌的框架：优美的大自然中的田园生活和爱情。但他一反过去牧歌作品的假，而致力于表现"真"，特别是感情的"真"。

在这里，自然美色和山野生活是以轻淡的笔法表现出来的，并没有大量渲染性的描绘，照顾了牧童自述时自然而然的口气。对于一个牧童来说，有什么必要像狄更斯描写伦敦的大雾那样细致地去描绘他所习以为常的大自然景色呢？爱情故事也很简单，既无悲欢离合，也无缠绵悱恻，没有什么情节，更没有很多作家所喜欢描写的那种爱情上的"进展"，在这里，所有的一切都非常简单、非常单纯，却非常动人。动人的力量来自什么？来自那个纯朴的主人公真挚的感情和洁净的情操，它就像一滴含英集萃的香精使一池清水发出了芬芳，像一笔翰墨使整个画面充溢着一种色调。

这种真挚之情，滋生于爱情的幼苗之中，可称为发轫阶段的爱慕，它可以说是文学中最动人的一种感情了。是它，使罗密欧在第一幕第五场中发出了"啊，火炬远不及她的明亮"的一大段赞美诗，接着又向朱丽叶那么谦恭地表白，"要是我这俗手上的尘污，亵渎了你的神圣的庙宇……"；是它，使维特面对夏绿蒂简直像面对神明；同样也是它，使浮士德对玛甘蕾充满了一片真诚的柔情，而还没有给她带来种种不幸和苦难。它是整个爱情过程中的感情形式之一，它的纯净没有被杂质搅浑，世俗的考虑和利害的打算也还没有来得及把它歪曲，它还只是一种向往、一种愿望、一种理想，还保持着某种超逸、灵致的风度，对对方是仰望和尊重，对自己则是自觉与自律。都德在《繁星》中所选取的、所描绘的，就是这样一种感情，他用最自然的最散文化的形式把它加以诗化，体现出了对一种美好情操的追求，因而，也就必然使他的短篇具有了一种情操的力量。

茵梦湖

[德国] 施托姆
巴金 译

作者简介

施托姆（1817—1888），德国著名诗人、小说家。出身于古老的贵族家庭，早年当过律师，参加过 1848 年北部人民反抗丹麦统治的起义，失败后被迫过了十年流亡生活。1864 年重返故乡任行政长官，晚年过着隐居生活。他写过不少抒情诗，简洁朴素，风格优美。

老人

一个晚秋的下午，有一位服装整齐的老人慢慢地沿街走来。他好像是散步后回家似的，他的旧式的扣鞋已经盖满了灰尘。他腋下挟着他的金头的长手杖；他一双暗黑的眼睛里仿佛还藏着他整个失去了的青春，它们同他雪白的头发恰恰成了显著的对照。他用这对眼睛安静地看看四周，又望着他面前那个躺在黄昏的芳香中的城市。——他有点像是外乡人；因为过路的人中间只有寥寥几个同他打招呼，虽然有好些人不由得要看看这一对严肃的眼睛。最后他在一所人字形屋顶的房屋门前站住了，他又看了看城市，才走进了门廊。门铃响了，房里对着门廊的窥视窗的绿窗帷拉开了，窗后现出一个老妇人的脸。这男人用手杖向她招呼。"还没有点灯！"他带一点南方口音说；管家妇又把窗帷放了下来。老人走过宽敞的门廊，然后穿过一间靠墙立着几个放瓷瓶的橡木柜的宽大屋子；他又走过对面的门，进了一条窄小的过道，这里有一道窄的楼梯通到后屋的楼上。他慢慢地走上楼梯，开了上面的一道房门，走进一间宽大的屋子里去。这里又安适又幽静。一面墙差不多全被书橱遮盖了；另一堵壁上挂着人物和风景的图片；一张铺着绿桌布的桌子上凌乱地摊开了几本书，桌子前面放着一把笨重的靠背椅，椅上摆着红天鹅绒坐垫。——老人把帽子和手杖放到角落里，便在靠背椅上坐下来，他两手交叉着，仿佛在享受散步后的休息。他这样坐着的时候，天渐渐地黑了；后来一线月光透过玻璃窗射进来，射到壁上挂的画上面，那一道亮光慢慢地向前移动，他的眼光也不知不觉地跟随着。现在亮光移到了一张嵌在朴素的黑镜框里的小照片。"伊丽莎白！"老人轻轻唤了一声。他刚刚吐出这个词，时间就变了；他是在他的青年时代了。

孩子们

不久一个小女孩的秀美的身子到他面前来了。她名叫伊丽莎白，大约有五岁的光景；他的年纪大她一倍。她脖子上围着一条小红绸巾，这使她的一对褐色眼睛显得更加好看。

"来因哈德！"她叫道，"我们放假了，放假了！今天一天不去上学，明天也不去。"

来因哈德连忙把他胳膊下挟的演算板放到门背后，两个孩子从屋里跑进花园，又穿过园门到外面草地上去。这意外的放假真是来得太凑巧了。来因哈德得到伊丽莎白帮忙已经在这里用草皮盖了一所房屋，他们打算夏天晚上住在这里面，可是还少了一条长凳。现在他立刻动手做起来；钉子、锤子和必需的木板都准备好了。这时伊丽莎白便到沟边去采集环形的野葵子，用围裙兜着；她想拿它们给自己做项链和项圈；等到来因哈德敲弯了好些钉子终于把凳子做好以后，回到太阳光下面时，她已经走得远远的，到草地的另一端去了。

　　"伊丽莎白！"他唤道，"伊丽莎白！"她立刻来了，她的鬌发一路飞舞着。"来，"他说，"我们的房子好了。你也很热；进来，我们要坐坐新凳子。我给你讲个故事。"

　　两个孩子便走了进去，在新凳子上坐下来。伊丽莎白从围裙里拿出她那些小环儿，把它们一一穿在长线上；来因哈德便讲道："从前有三个纺纱的女人……"

　　"啊，"伊丽莎白说，"这个我记得烂熟了。你不该老是讲同样的一个故事。"

　　现在来因哈德只好把三个纺纱女人的故事抛开，另外讲一个给扔在狮子洞里的不幸的人的故事。

　　"现在是夜里了，"他说，"你知道吗？非常黑暗，狮子也睡觉了。可是它们在睡梦中时而打起呵欠，时而又伸出它们的红舌头；那个人吓得打哆嗦，他以为天亮了。他四周忽然现出一道亮光，他抬起头来看，他面前站着一位天使，天使对他招手，随后一直走进山岩里去了。"

　　伊丽莎白注意地听着。"天使？"她说，"他有翅膀吗？"

　　"这只是故事里这么说，"来因哈德答道，"其实并没有天使。"

　　"呵，呸，来因哈德！"她说，注意地望着他的脸。可是她看见他皱着眉头在看她，她不觉疑惑地问他，"那么为什么她们老是讲起这个呢？母亲同婶婶，还有学堂里也是这样讲的。"

"这我就不知道了。"他答道。

"可是你，"伊丽莎白说，"那么狮子也是没有的吗?"

"狮子? 有没有狮子! 印度就有。在那儿那些崇拜偶像的教士把它们套在车子前头，用它们拖车走过沙漠。等我长大了，我自个儿也要上那儿去。那儿比我们这儿漂亮几千倍; 那儿没有冬天。你也得跟我一块去。你要去吗?"

"是啊，"伊丽莎白说，"不过母亲也得一块去，你的母亲也去。"

"不，"来因哈德说，"她们那个时候太老了; 她们不会跟我们一块去。"

"可是我不可以一个人去。"

"你应该可以的，你那个时候真的会做我的妻子了，那个时候你不用听别人的话了。"

"可是我母亲要哭的。"

"我们真的要回来的，"来因哈德急躁地说，"你爽快地讲出来吧，你是不是愿意跟我一块旅行? 不然我就一个人去，那么我就永远不回来了。"

这个小姑娘差不多要哭了。"请你不要做这样的凶相，"她说，"我真的愿意跟你一块到印度去。"

来因哈德带着万分高兴的样子捏住她的两手，把她拉出来到草地上去。"到印度去，到印度去!"他唱道，便拉着她一块转起圈子来，她的红绸巾也从脖子上飘落了。可是他突然放开她的手，认真地说: "这件事不会成功的，你没有勇气。"

"伊丽莎白! 来因哈德!"有人在花园门口唤道。

"这儿! 这儿!"两个孩子回答道，便手牵手地跑向屋里去了。

林中

　　两个孩子就这样一块生活下去；他常常觉得她太沉静，她也常常觉得他太激烈，可是他们并不因此就分开，差不多凡是空闲的时候他们都在一块玩，冬天在他们母亲的窄小的屋子里，夏天在树林和田野里。——有一次伊丽莎白在来因哈德面前挨了教师的骂，来因哈德便生气地拿石板在桌子上碰，想把那个人的怒气引到自己的身上。并没有人理他。可是来因哈德就不再注意听地理课了；他却作了一首长诗，在诗里他把自己比作一只小鹰，把教师比作一只灰色的老鸦，伊丽莎白是一只白鸽；小鹰发誓等它的翅膀一旦长成，马上就向灰色老鸦报仇。这个年轻诗人眼里含着泪水；他非常自豪。他回到家里便弄到一本羊皮纸封面的本子，里面有不少的空白页。在开头的几页上他工整地抄下他的第一首诗。——这以后不久他便到另一个学校上学去了；在那儿他在那些和他同年纪的少年中间结交了好些新朋友，可是这并没有妨害他跟伊丽莎白的交往。他把他从前对她讲过并且不止讲过一遍的故事，选择了一些她最喜欢的抄下来；在抄写的时候他常常想把自己的思想编一些进去，可是他不知道为了什么缘故，他总没有能够做到。因此他便照他所听到的那样的内容老老实实地写下来。后来他把他抄写好的活页拿给伊丽莎白，伊丽莎白小心地将它们放在她的小首饰匣的抽屉里面；要是间或在傍晚伊丽莎白当着他把他抄写的本子里的这些故事读给她母亲听，这就使他愉快满意了。

　　七年过去了。来因哈德为了他自己的深造应该离开这个城市。伊丽莎白简直不能够想到来因哈德走后她怎样过日子。有一天他对她说他会照常给她抄写故事，附在给他母亲的信里寄她，不过她得写回信告诉他，她是不是喜欢它们；她听了这番话，心里非常高兴。行期近了，可是在这以前羊皮纸封面的本子里又添了许多首诗。这些诗渐渐加多，差不多占了一半的空白页。虽然伊丽莎白唤起了写成这本册子和大部分诗歌的灵感，但是唯独她一点也不知道。

这是在六月里，来因哈德第二天便要动身。这时大家还想在一块再玩一天。因此他们组织了一次到附近树林里去的较大的野餐会。起先到树林入口那一段需要一小时的路程，大家坐车；然后他们把装食物的篮子拿下来，再步行前去。他们首先得穿过一个松树林；那里又凉，又阴暗，地上到处都是细的松针。走了半小时之后他们出了黑暗的松林，又走进一个新鲜的山毛榉树林；这里的一切都是明亮的、碧绿的，有时一道日光穿过多叶的树枝射进来，一只小松鼠在他们头上树枝间跳来跳去。——在一块空地上，古老的山毛榉树梢交织成一顶透明的叶华盖，众人便停下来在这里休息。伊丽莎白的母亲打了一只篮子，一位老先生来做伙食管理员。"你们这些小鸟，大家都来围住我！"他唤道，"你们留心听着我要对你们讲的话。每个人拿两块光光的面包做早饭；黄油留在家里没有带出来，配面包的东西要各人自己去找。林子里有很多草莓，这就是说只有找到草莓的人才有的吃。不灵活的人就只好吃光面包；生活里到处都是这样。你们懂了我的话吗？"

"懂了！"年轻人大声答道。

"听着，"老人又说，"我还没有说完呢。我们老年人这一辈子也奔波够了，所以我们留在家里。就是说在这几棵大树下面，削土豆皮，生火，安排开饭，到十二点钟还要煮鸡蛋。为了这个你们得分一半的草莓，给我们做餐后果品。现在你们快去吧，往东往西都好，要老老实实啊！"

年轻人做出各种顽皮的表情。"站住！"老人又唤道，"我想，用不着对你们说，空手回来的人也不必拿出什么来；可是你们得好好记住，我们老年人也没有东西给他。那么你们今天就会得到不少好的教训了；要是你们找到了草莓回来，你们今天就算是很幸运了。"

年轻人都赞成这个意见，便一对一地跑进树林找草莓去了。

"来，伊丽莎白，"来因哈德说，"我知道长莓子的地方，你不会吃光面包的。"

伊丽莎白扎紧她草帽的绿带子，把帽子挂在胳膊上。"走吧，"她说，"篮子准备好了。"

于是他们走进了树林，越走越深；他们走进潮湿的、浓密的树荫里，四周非常静，只有在他们头上天空中看不见的地方，响起了鹰叫声；以后又是稠密的荆棘挡住了路，荆棘是这样的稠密，因此来因哈德不得不走在前面去开一条小路，他这儿折断一根树枝，那儿牵开一条蔓藤。可是不多久他听见伊丽莎白在后面唤他的名字。他转过身去。"来因哈德！"她叫道，"等一下，来因哈德！"他看不见她。后来他看见了她在稍远的地方同一些矮树挣扎，她那秀美的小头儿刚刚露在凤尾草的顶上。他便走回去，把她从乱草杂树丛中领出来，到一块空旷的地方，那里正有一些小蝴蝶在寂寞的林花丛中展翅飞舞。来因哈德把她冒热气的小脸上润湿的头发揩干；然后他要给她戴上草帽，她却不肯；可是他一再要求，她终于同意了。

"可是你的草莓在哪儿呢？"她停了步深深呼吸了一口气，末了问道。

"它们本来在这儿，"他说，"可是癞蛤蟆比我们先来了，不然就是貂鼠，或者多半是妖精。"

"是呀，"伊丽莎白说，"叶子还在；不过你不要在这儿讲起妖精的话。你过来，我还不觉得一点疲倦；我们再往前去找吧。"

他们前面是一条小河，过了小河又是树林。来因哈德把伊丽莎白抱起来走过去了。不到一会儿，他们又从浓密的树荫里走到林中空旷的地方。"这儿应该有莓子了，"女孩说，"气味香得很。"

他们走过阳光照着的地方去寻找，可是他们一点也找不到。"不，这是石楠的气味。"遍地都是覆盆子和冬青；石楠和短草相间地盖满了林中的空地，空气里弥漫着浓郁的石楠香。"这儿静得很，"伊丽莎白说，"别的人都在哪儿呢？"

来因哈德并没有往回走的意思。"等等吧。风从哪儿来的？"他说，向空中举起他的一只手。可是并没有风来。

"不要响，"伊丽莎白说，"我好像听见他们在讲话。向那边再唤一声吧。"

来因哈德把手做了个空筒罩在嘴上唤着："到这儿来！"

"这儿！"有了应声。

"他们回答了！"伊丽莎白叫道，她拍起手来。

"不，这不是，这只是回声哩。"

伊丽莎白抓住来因哈德的手。"我害怕！"她说。

"不，"来因哈德说，"你不应该害怕。这儿很不错。你在这儿草间阴凉处坐下吧，让我们休息一会儿，我们马上就会找到别的人。"

伊丽莎白在一棵枝叶悬垂的山毛榉下面坐下来，留心地向四面倾听；来因哈德坐在离她几步远的一个树桩上，默默地望着她。太阳正在他们的头上；现在是炎热的中午了；一群金光灿烂的、钢青色的小小的苍蝇振动着翅膀在空中飞舞；她的四周有一种轻微的嘤嘤嗡嗡的声音，有时还可以听见树林深处啄木鸟的剥啄声和别的林鸟的叫唤。

"听，"伊丽莎白说，"钟响了。"

"在哪儿？"来因哈德问道。

"我们后面。你听见吗？是正午了。"

"那么城市就在我们后面了；倘使我们朝这个方向一直走过去，我们就会找到别人的。"

他们便动身回去了；他们不再去寻找草莓，因为伊丽莎白疲乏了。后来同伴们的笑声从树丛中送过来，不久他们便看见一幅白布亮晃晃地铺在地上，这就是餐桌，上面放着大堆的草莓。那位老先生的钮孔里扣着一条餐巾，他继续对年轻人作他的道德的训话，一面起劲地切一块熏肉。

"落后的人来。"那些年轻人看见来因哈德同伊丽莎白穿过树丛走来，便大声说。

　　"这儿！"老先生唤道，"把手帕和帽子里的东西都倒出来！现在把你们找到的给我们看看。"

　　"只有饥同渴！"来因哈德说。

　　"倘使就只有这一点的话，"老年人答道，他端起那只装满了的盆子，给他们看，"那么你们也只好把它留着。你们知道规定的办法，偷懒的人没有东西吃。"不过后来经过大家劝说，他也答应分给他们一点，现在是开饭的时候了，同时画眉鸟在杜松丛中唱起歌来。

　　那一天便这样地过去了。——来因哈德毕竟找着了一样东西，虽然这并不是草莓，可是它也是在树林里生长的。他回到家中便在他那个旧的羊皮纸封面的本子里写下来：

　　　　山坡上，

　　　　风静止，

　　　　树枝低垂，

　　　　下面坐着女孩子。

　　　　她坐在百里香丛中，

　　　　她坐在芬芳里；

　　　　一群嘤嘤的青蝇，

　　　　带着闪光在空中飞舞。

　　　　林子里非常静，

　　　　她向四周探望，眼光十分灵活；

　　　　在她那褐色鬈发上，

闪动着太阳的光辉。

杜鹃在远处笑了，

我心里忽然想起：

她有一对金色的眼睛，

像那林间仙女的那样。

这样看来她不仅是一个受他保护的人，她还是他的青春时期中一切可爱的和神奇的事物的象征了。

孩子站在路旁

圣诞夜快到了。——来因哈德和别的几个大学生在市政厅地下室[1]里围了一张橡木桌子坐着，那时还只是下午。墙上的灯已点了起来，因为在这儿下面已经黑暗了；可是只有寥寥几个客人，伙计们都闲散地靠在墙柱上。在这间圆顶屋的角落里坐着一个提琴师和一个有着秀丽的吉卜赛人容貌的弹八弦琴的姑娘；他们把乐器放在膝上，无精打采地望着前面。

在大学生们的那一桌上香槟酒的瓶塞打开了。"喝吧，我的波希米亚[2]爱人！"一个阔公子模样的年轻人说，把满满的一杯酒递给她。

"我不要喝。"她说，连动也不动一下。

"那么唱吧！"阔公子嚷道，他掷一个银币到她的怀里，姑娘伸手慢慢地掠她的黑发，提琴师在她的耳边低声讲了几句话。她却仰起头，把下巴支在八弦

1　市政厅地下室：过去德国大城市中用作啤酒馆和饮食店的地方。

2　指艺术家。

琴上面。"我不为这个唱。"她说。

来因哈德手里拿着酒杯跳起来，站到她面前来。

"你要做什么?"她傲慢地问道。

"看你的眼睛。"

"我的眼睛跟你有什么相干?"

来因哈德两眼发亮地朝她的脸望下来。"我知道它们是假的!"她用手掌托着腮，仔细地打量着他。来因哈德把杯子举到嘴边。"祝你这一对漂亮的、害人的眼睛!"他说，便把酒喝了。

她笑起来，动了动头。

"给我!"她说，一双黑黑的眼睛盯住他的两眼，一面喝干了杯中的残酒。然后她拨起弦来，用深情的低声唱道:

> 今天，只有今天
>
> 我还是这样美好
>
> 明天，啊明天
>
> 一切都完了!
>
> 只有在这一刻
>
> 你还是我的，
>
> 死，啊死，
>
> 留给我的只有孤寂。

提琴师快速地弹到终曲的时候，一个新客人从外面走了进来。

"我去找过你，"他说，"你已经出去了，可是有人给你送圣诞节礼物来过了。"

"圣诞节礼物?"来因哈德说，"它再也不会到我这儿来了。"

"喂，真的来了! 你满屋子都是圣诞树同棕色姜汁饼的香味。"

来因哈德放下手里的酒杯，拿起帽子来。

"你要做什么?"少女问道。

"我就要回来的。"

她蹙了蹙前额。"不要去!"她轻轻唤道,并且亲密地望着他。

来因哈德犹豫起来。"我不能够。"他说。

她笑着用脚尖踢了他一下。"去吧!"她说,"你这个不中用的;你们大家全不中用。"等她转过身去,来因哈德慢慢地走上了地下室的阶梯。

外面街上天已经完全暗了;他觉得清冷的冬天空气向着他的灼热的前额扑来。从好些窗户里射出来点燃了蜡烛的圣诞树的灿烂光辉,那些屋子里一阵一阵地送出小笛子和洋铁皮喇叭的声音,里面还夹杂着小孩们的欢乐的喧哗。一群群讨饭的孩子从这家走到那家或者爬上台阶的栏杆,想从窗户偷看一眼他们享受不到的豪华情景。有时候一扇门忽然打开了,接着一阵叱骂声把整群这样的小客人从光亮的房屋赶到黑暗的巷子里去;在另一个人家的门廊里正唱着一首古老的圣诞歌,歌声中听得出清脆的少女的声音。来因哈德没有去听这歌声,他匆匆地走了过去,从一条街又走进另一条街。他走到自己住处的时候,天色差不多黑尽了;他连忙跑上楼梯,进了他的屋子。一股甜香迎面扑来;这使他想起了家乡,这仿佛是在家里过圣诞节的时候母亲那间小屋子的气味。他用颤抖的手点燃了灯;桌上有一个大的包裹,他把包裹打开,棕色的节饼从里面落了出来,有几块饼上有着他的名字的简写字母,是用糖涂上去的;这只有伊丽莎白会做。其次映入他眼帘的是一个小包,里面是一些绣得很精致的衬衣、手帕和袖口,最后是他母亲和伊丽莎白写给他的信。来因哈德先把伊丽莎白的信拆开。伊丽莎白这样写着:

> 这些美丽的糖字可以告诉你是谁帮忙做好饼子的;给你绣袖口的也就是这个人。在我们这儿今年的圣诞节一定是冷清清的;我母亲总是到九点半钟就早把纺车放到角落里去了;今年冬天你不在这儿,真是寂寞得很。上个星期天你送我的那只梅花雀死了;我哭得很伤心,不过我平日照料它

也很小心。这只鸟，每当下午太阳照在它笼子上的时候，便唱起歌来；你知道它唱得挺起劲的时候，母亲便在笼子上挂起一块布，遮住阳光使它静下来。因此我们屋子里现在更清静了，只有你的老朋友埃利克间或来看望我们。你有一回对我讲过，他很像他身上穿的那件棕色大衣。他每次走进门来，我就会想到你那句话，这太滑稽了；不过你不要对母亲说，她容易生气。——你猜猜，过圣诞节，我拿什么礼物送给你母亲！你猜不着吧？就是我自己！埃利克用炭笔给我画像；我已经在他面前坐了三次了，每次都是整整坐一个钟点。我真不高兴一个陌生人把我的面貌看得这样熟。我本来不愿意，可是母亲一定要我这样；她说这会使好心的维尔纳太太欢喜的。

可是你没有守信呵，来因哈德。你没有给我寄故事来。我常常对你母亲抱怨你；她老是说，你现在有更多的事要做，顾不到这种小孩事情了。可是我并不相信；那一定有别的原因。

来因哈德又读他母亲的信，他把两封信都读完了，慢慢地折起它们，放到一边，这时候一种无法控制的乡愁抓住了他。他在屋子里来回踱了好一会儿；他小声自语着，后来又含含糊糊地哼着：

他几乎迷失路途，

寻不着自己的家屋；

孩子站在路旁，

指给他回家的路！

随后他走到他的书桌前面，拿出一点钱来，又走到街上去了。——这时街上已经静多了；圣诞树也熄了；小孩们的游行也停止了。风吹过荒凉的街道；无论是老年人或者年轻人都在自己家里团聚；圣诞夜的第二个时期已经开始了。

来因哈德走进市政厅地下室的时候，听见了下面传来的提琴声和那个弹八弦琴的姑娘的歌声；下面地下室的门叮当地响了，一个黑影从那宽阔的、灯光暗淡的阶梯摇摇晃晃地走了上来。来因哈德连忙退到房屋的阴影里去，然后急匆匆地走过去了。过了一会儿他走到一家灯烛辉煌的珠宝店的窗前；他在店里买了一个红珊瑚的小十字架，便又顺着原路回去。

在他的住处附近，他看见一个穿破衣的小女孩站在一道高高的门前，她想打开门却没有办法。"要我帮你忙吗？"他说。女孩并不回答，却放开了沉甸甸的门柄。来因哈德已经打开了门。"不，"他说，"他们会赶你出来的；跟我来吧，我会给你圣诞饼。"于是他又把门关上，抓起女孩的手，她一声不响地跟着他到了他的住所。

他先前出去的时候并没有灭灯。"这些饼子你拿去。"他把他的全部宝贝分了一半倒在她的围裙里，不过有糖字的却一个也没有给她，"现在回家去，分一点给你母亲。"女孩抬起头羞怯地看着他；她对这种好意好像感到不习惯似的，也回答不出一句话来。来因哈德打开房门，照亮她下楼，这个小女孩便像一只小鸟似的带着她的饼子飞跑下楼梯到门外去了。

来因哈德拨了拨炉里的火，把那个灰尘盖满的墨水壶放在桌上；随后他坐下来写信，他整夜地写着，给他母亲的信，给伊丽莎白的信。剩下的圣诞饼还堆在他手边没有人动过，可是伊丽莎白做的袖口却已经扣上了，这跟他那件白色厚呢上衣配起来显得很古怪。他一直坐到冬天的太阳照在结了冰的玻璃窗上的时候，那时他对面的镜子里映出了一个苍白的、严肃的脸庞。

回家

复活节一到，来因哈德便动身回家去了。他到家后第二天早晨，去看伊丽莎白。"你长大了！"他看见那个美丽苗条的少女含笑迎上来的时候，就这样说。她红了脸，可是并不回答他；他在问好的时候握着她的手，她却想轻轻地缩回手去。他疑惑地望着她，她以前从没有这样做过，现在好像他们两个中间有了什么隔膜似的。——他在家住了一些日子，并且照常天天去看她，可是这种情形仍旧继续下去。只要他们两人单独在一起的时候，谈话总要发生间断，这使他感到痛苦，并且他总是很担心地提防着它。为了在这个假期中找一样固定的事情做，他便教伊丽莎白学一点植物学，这门功课是他在进大学的最初几个月中特别热心研究过的。伊丽莎白对什么事都肯依他的话，并且也聪明好学，因此她很高兴地答应了。他们一个星期出去旅行几次，或者去田野或者到灌木林里；要是到了中午他们带了装满花草的绿色植物采集箱回家，那么过了几个钟头来因哈德便要再来，同伊丽莎白分他们共同找到的东西。

有一天下午他为了这样的目的到她的屋子里去，看见伊丽莎白站在窗前把新鲜的繁缕草搭在一只他以前在这儿没有见过的镀金鸟笼上面。笼里有一只金丝雀，它不停地拍着翅膀，同时，带着叫声啄伊丽莎白的手指。来因哈德的小鸟从前就是挂在这个地方的。"是不是我那只可怜的梅花雀死后就变成金丝雀了?"他高兴地问道。

"梅花雀不会变的，"坐在扶手椅上纺纱的伊丽莎白的母亲说，"您的朋友埃利克今天中午从他的庄子上差人给伊丽莎白送来的。"

"从什么庄子?"

"您不知道吗?"

"知道什么?"

"埃利克在一个月前继承他父亲在茵梦湖上的第二个庄子。"

"可是关于这个您并没有对我讲过一句。"

"啊，"伊丽莎白母亲说，"您自己对您那朋友的事情也没有问过一句呢！他是一个很可爱、很懂事的年轻人。"

母亲走出屋子煮咖啡去了；伊丽莎白背对着来因哈德，仍旧忙着给她那只鸟笼做凉亭。"请等一会儿，"她说，"我马上就好了。"——来因哈德不像平日那样，他没有答话，她便转过身来看他。他的眼里有一种突然发生的烦恼的表情，她以前从没有在他的眼里看见过。"你有什么不舒服吗，来因哈德?"她问道，走到了他的身边。

"我吗?"他顺口说道，两眼像做梦似的望着她的眼睛。

"你的样子很不高兴。"

"伊丽莎白，"他说，"我不喜欢这只黄鸟。"

她惊奇地望着他；她不懂他的意思。"你真古怪。"她说。

他拿起她的两只手，她静静地让他捏着。不久母亲便回来了。

他们喝了咖啡以后，母亲在她的纺车前面坐下；来因哈德和伊丽莎白到隔壁屋子里整理他们的植物去了。他们数了花蕊，又把叶同花小心地放平，然后把每一种挑出了两份标本夹在一本对开的大书里压干。这个晴朗的下午很清静，只有隔壁屋子里母亲纺车的咿呀声，此外便是时时响起来的来因哈德的低沉的声音了，那时他正在解释那些植物的门类或者替伊丽莎白改正她读拉丁学名时笨拙的发音。

"这次我还是没有找到铃兰。"他们采集的标本全部分类整理了以后，她说。

来因哈德从衣袋拿出了一本白羊皮纸封面的小本子。"这一枝铃兰给你。"他说着，便拿出那枝半干的花来。

伊丽莎白看见那些写满了字的篇页，便说道："你又在编故事吗?"

"这不是故事。"他说着，便把书递过去。

这里面全是诗，大多数都很短，每首至多占一页的篇幅。伊丽莎白便一页一页地翻下去；她似乎只是在看题目。《她受教师斥责的时候》《他们在林中迷路的时候》《同复活节故事一起》《她第一次给我写信的时候》，差不多都是这一类的题目。来因哈德用一种侦察的眼光偷偷看他，她只顾一页一页地翻下去，他看见她那张纯洁的脸上最后泛起一阵娇羞的红晕，渐渐地布满了整个脸庞。他想看她的眼睛，可是伊丽莎白并没有抬起头，最后她默默地把书放在他面前。

"不要这样地还给我！"他说。

她从洋铁匣子里取出了一小枝棕色的花。"我把你心爱的花草放进去。"她说，把书递到他的手里……

假期的最后一天终于到了，现在是来因哈德动身的早晨了。驿车站同伊丽莎白的住处只隔了几条街，伊丽莎白得到母亲的允许去送她的朋友上车。他们走出大门以后，来因哈德让她挽住他的胳膊；他默默地这样同她并肩走着。他们离目的地愈近，他愈觉得他有一桩心事必须在这次长期分别之前对她说出来，这桩心事是他日后生活中一切的价值和一切的甜美所依靠的，可是他却找不到简单扼要的话来表明他的心意。他有点胆怯；他的脚步愈走愈慢了。

"你会到得太晚的，"她说，"圣玛利（教堂）的钟已经打过十点了。"

可是他并没有加快脚步，最后他结结巴巴地说："伊丽莎白，你会有整整两年见不到我……我下次回来的时候，你会像现在这样地跟我要好吗？"

她点了点头，亲切地望着他的脸。"我还替你辩护过呢。"她停了一会儿说。

"替我？你用得着对谁替我辩护吗？"

"对我母亲。昨晚你走了以后，我们还谈了你许久。她觉得你没有从前那么好了。"

来因哈德沉默了一会儿，可是后来他便拿起她的手，恳切地望着她那天真的眼睛说："我还是像从前一样的好，你要牢牢地相信啊！你相信吗，伊丽莎白？"

"相信的。"她说。他放开她的手，急急地同她走过最后一条街。分别的时刻愈近，他的脸色愈显得高兴；他走得太快了，她差一点跟不上他。

"你这是怎么一回事，来因哈德？"她问道。

"我有一个秘密，一个美丽的秘密！"他说，并且用发亮的眼睛望着她，"等我两年以后回来，你就会知道的。"

这个时候他们到了驿车前面，刚刚赶得及上车。来因哈德又拿起她的手，

"再见!"他说,"再见,伊丽莎白!不要忘记啊。"

她摇了摇头。"再见!"她说。来因哈德上了车,马就动了。

车子辘辘地在这条街角转弯的时候,她正慢慢地走回家去,他又一次看见她的可爱的身影。

一封信

将近两年之后,来因哈德坐在灯前,前面堆着书籍和文件,他在等待一个和他一起学习的朋友。有人走上楼来。"进来!"——来的是房东太太。"您有一封信,维尔纳先生。"随后她又走了。

来因哈德自从上次回家以后没有写过一封信给伊丽莎白,也没有接过她一封信。现在的这封信也不是她写来的;这是他母亲的手迹。来因哈德拆开信,读着,不久他便读到下面这一段:

在你这样的年纪,我亲爱的孩子,差不多一年有一年的面目:因为年轻人总不愿意让自己消沉下去。我们这儿也发生了大的变化,倘使我对你的了解并不错,那么这件事起初会使你很痛苦。埃利克昨天终于得到伊丽莎白的同意了,最近三个月当中他向她求过两次婚,都没有能够如愿。她对这件事老是打不定主意;现在她终于还是决定了;她毕竟还太年轻。婚礼不久就要举行,那时她母亲也要同他们一块去。

茵梦湖

又是几年过去了。一个暖和的春天的下午，在一条向下倾斜的树林里的路上，一个脸色健康的、被日光晒黑了的年轻人慢慢地走着。他那双严肃的、灰色的眼睛急切地望着远处，好像他在盼望这条单调的路会发生变化，而这变化却始终不肯出现似的。后来他终于看见一辆大车从下面慢慢地上来。"喂！好朋友，"这个行人向车旁走着的农人喊道，"这就是到茵梦湖去的路吗？"

"尽管一直走。"那个人伸手推一下他的垂边帽子答道。

"那么离这儿还远吗？"

"先生已经到了跟前了。不消半袋烟的工夫就走到湖边了；主人的宅子就在湖上。"

农人过去了；行人便加快脚步沿着树下的路向前走去。过了一刻钟光景，他忽然在左边树荫下站住了，那条路转入一个山坡，坡下百年老橡树的树梢差不多跟山坡一样高。从树梢望过去，前面展开一片宽阔的、当阳的景色。下面低低地躺着一片平静的、深蓝的湖水，湖的四周差不多全让阳光照耀的绿树环绕着；只有在一个地方树木分开了，露出一派远景，可以一直望到远远的一带青山。对面望过去，绿叶丛中笼罩着一片雪似的白色，都是开花的果树，树后在湖畔高高的岸边耸立着庄主的宅子，白墙红瓦，显得格外分明。一只鹳鸟从烟囱上飞起来，在水上慢慢地盘旋飞绕。

"茵梦湖！"行人叫道。现在他差不多像是到了他的旅程的终点；他站住不动，并且从他脚下树梢望过去，眺望着对岸，庄主宅子的倒影浮在水面上，轻轻地荡漾。随后他突然又继续往前走了。

　　现在路差不多陡直地引下山去，因此刚才在他脚下的树木却又罩在头上给他遮阴了，可是它们同时也遮住了湖景，只偶尔从树枝缝隙间露出闪光的湖水来。一会儿路又渐渐地往上斜去，左右两边树木都不见了；沿路换了一些长满葡萄藤的小山；两旁都是正在开花的果树，花间充满了嗡嗡叫着的忙碌的蜜蜂。一个穿棕色大衣的相貌堂堂的男子迎着这个行人走来。他快到了行人面前，便挥着帽子欢呼起来："欢迎，欢迎，来因哈德兄！欢迎你到我茵梦湖的庄上来！"

　　"你好啊，埃利克，谢谢你欢迎的盛意！"行人回应道。

　　这时他们走到一块了，彼此伸出手来。

　　"那么这真的是你吗？"埃利克清清楚楚地看了看他老同学的严肃的面貌，便说道。

　　"当然是我啦，埃利克，我也认得你呢；只是你看来气色比以往显得更好了。"

　　埃利克听见这句话露出了喜悦的微笑，这使他的质朴的面容显得更愉快了。"是啊，来因哈德兄，"他说，又伸出手去握来因哈德的手，"我从那个时候起还中了大奖，你是知道的。"接着他搓了搓自己的手，快乐地叫道："这可是一桩意外的事！她绝没有想到，永远想不到的。"

　　"一桩意外的事？"来因哈德问道，"对谁呢？"

　　"对伊丽莎白。"

　　"伊丽莎白！你没有对她说过我要来吗？"

　　"一句话也没有说，来因哈德兄；她没有想到你来，她母亲也没有想到。我完全偷偷地邀请你来，好让她们那时更高兴一点。你知道，我也总有我的一些诡秘的小花招。"

　　来因哈德显出沉思的样子；他们愈走近那庄子，他的呼吸愈显得急促起来。在路的左边葡萄园又到了尽头，现在是一片大菜园，差不多一直连到湖边。那只鹳鸟已经飞下来了，它正在菜畦中间庄严地散步。"喂！"埃利克拍着手叫道，

"这个长脚埃及人又在偷我的短豆荚了！"鹳鸟又慢慢地飞起来，飞到一座新房子的屋顶上，这所房屋位置在菜园的尽头，墙上盖满了用人工盘上去的桃杏的枝条。"这是酿酒场，"埃利克说，"我两年前造的。农场的房屋却是先父加造的，住宅还是我祖父修建的。我们这样一代一代地增加一点。"

他们这样谈着，就到了一片大的空场，两边是农场的房屋，后面是庄主的宅子，宅子的两翼连接着一面高高的园墙；墙后是一排一排的繁茂的紫杉，随处还有一些丁香树把它们开花的枝子伸进庭院里来。一些因日光晒灼和工作忙碌而脸上发红流汗的人走过这个空场，向这两个朋友行礼问好。——这时他们已经到了宅子前面。他们走入一道又高又凉爽的走廊，在走廊的尽处，向左边转一个弯又进了一条稍稍阴暗的侧廊。埃利克在这儿打开了一扇门，他们便走进一间宽大的花厅，覆盖在对面窗户上的一簇簇浓密的绿叶使这个厅子的两边充满了绿色的微光；可是在窗户之间两扇大开着的高高的折门，让春天的阳光满满地射了进来，并且使人看见花园的景色，园中布置着一些圆形的花坛，种着一行一行的壁立的高树，中间隔着一条宽的直路，顺着这条路望过去，便可以望见湖水，再远一些，还可以望见对崖的树林。两个朋友进来的时候，迎面一股微风把一阵香气送了过来。

花园门前阳台上坐着一个白衣少女的身形。她站起来迎接他们；可是在中途她忽然站住了，好像脚生了根似的。她呆呆地望着那位生客，他微笑地对她伸过手来。"来因哈德！"她叫道，"来因哈德！我的上帝，你来了！——我们好久不见了。"

"好久不见了。"他说了这半句，就再也接不下去；因为他听见她的声音，他心里便感到一种隐隐的肉体的痛楚，他看她，她分明地站在他面前，依旧是那轻盈柔美的体态，和几年前他在故乡向她道别的时候并没有两样。

埃利克留在门口，脸上带着喜色。"你看，伊丽莎白，"他说，"喂，这不是你绝没有想到、万万想不到会见着的吗？"

伊丽莎白用了姊妹般的神情望着他。"埃利克，你真好。"她说。

他亲热地把她的纤柔的小手捏在自己手里。"现在他在我们这儿了，"他说，"我们不会让他就走。他在外面待得太久了；我们要叫他再过一过家乡的生活。你只看，他样子那么像外乡人，样子多么高雅。"

伊丽莎白羞涩地瞥了来因哈德一眼。"这是因为我们相别太久的缘故。"他说。

正在这时她母亲走了进来，胳膊上挂了一个放钥匙的小篮子。"维尔纳先生!"她看见他便说道，"呵，真是一位又亲切又想不到的客人。"——于是他们的谈话就这样一问一答顺利地继续下去。两个女人坐下来做她们的事情，来因哈德吃着他们给他预备的饮食，埃利克点燃了他那只海泡石的烟斗，坐在来因哈德身边，一面抽烟，一面谈话。

第二天来因哈德便同埃利克出去参观田地、葡萄园、酵母花园和酿酒场。全都现出兴奋的样子，在田地上和大锅旁边工作的人都带着健康和愉快的脸色。中午全家的人聚在那间花厅里，一天里大家或多或少总要在一块过一些时候，这得看主人们的空闲来决定。只有在晚饭以前和大清早的时间里，来因哈德才单独在他自己的屋子里工作。他这几年来对那些在民间流传的歌谣，每逢碰到的时候就搜集起来，现在他便着手整理他的珍品，并且只要有机会，他还要在这附近一带增加一些新的材料。伊丽莎白什么时候都是温柔而亲切的；她差不多用一种带谦卑的感谢来接受埃利克经常的关切，来因哈德有时候禁不住要想，从前那个活泼的女孩想不到会变成一个这么沉静的妻子。

从他到后的第二天起，他便习惯了在傍晚时分沿着湖滨散步。那条路就在花园下面，是傍着花园筑的。花园尽处，在一个突出的碉堡上有一条凳子放在几株高大的桦树下面；伊丽莎白的母亲叫它"傍晚凳"，因为这地方朝西，每天一到这个时刻便有人到这儿来观赏落日。——有一个傍晚来因哈德在这条路上散步回来，遇到了骤雨。他躲到一棵长在水边的菩提树下；可是不久大的雨点从树叶间落了下来。他全身湿透了，便索性不管它，又慢慢地往回家的路上走去。天差不多全黑了；雨也落得愈急。他走近"傍晚凳"时，仿佛看见那些发亮的桦树干中间有一个白衣女人的身形。她静静地站在那里，等他走近了些，就他可以辨别的情景看来，她的脸正朝着他，好像在等待谁似的。他相信这是伊丽莎白。可是等他加快了脚步，想到她跟前，同她一块穿过花园回屋子去的时候，她却慢慢地掉转身子，隐入黑暗的侧路去了。他不了解这是怎么一回事，他差一点要生伊丽莎白的气了。但是他又有点怀疑这究竟是不是她，可是他又不好意思向她问起；而且他回屋子的时候也不进花厅去，他害怕碰见伊丽莎白从园门进来。

依了我母亲的意思

几天后的傍晚，全家的人照往常的习惯按时坐在花厅里面。门开着；太阳已经落在对岸林子后面了。

来因哈德这天下午得到一个住在乡下的朋友寄给他的民歌，众人请他读一点给他们听，他回到他的屋子里去，过一会儿他拿了一卷纸出来了，这卷纸仿佛全是些写得很整洁的散页。

大家围了桌子坐下来，伊丽莎白坐在来因哈德旁边。"我们随便拿点出来念吧，"他说，"我自己也还没有看过。"

伊丽莎白展开了稿纸。"这儿还有谱，"她说，"这应该你来唱，来因哈德。"

他起先读了几首蒂罗尔地方的小曲，他读着，有的时候还小声哼那支愉快的曲子。这几个人中间产生了一种共同的快感。"这些美丽的歌是谁作的?"伊丽莎白问道。

"呵，"埃利克说，"从歌词就可以听出来，裁缝店伙计啦，剃头匠啦，就是这一类的好玩的浪子。"

来因哈德说："它们都不是作出来的；它们生长起来，它们从空中掉下来，它们像游丝一样在地上飞来飞去，到处都是，同一个时候，总有一千个地方的人在唱它们。我们在这些歌里面找得到我们自己的经历和痛苦；好像是我们大家帮忙编成它们似的。"

他又拿起另一页："我站在高山上……"[1]

"这个我知道！"伊丽莎白嚷道，"你唱起来吧，来因哈德，我来同你一块唱。"现在他们唱起了这个曲子，它是这么神秘，使人不能相信它是从头脑里想出来的。伊丽莎白用她柔和的女低音和着男高音唱下去。

母亲坐在那里忙碌地动她的针线；埃利克两只手放在一起，凝神地听着。这首歌唱完了，来因哈德默默地把这一篇放在一边。——在黄昏的静寂中，从湖滨送上来一阵牛铃的叮当声；他们不知不觉地听下去，他们听见一个男孩的清朗的声音在唱着：

> 我站在高山上，
>
> 望下面的深谷……

来因哈德微微笑起来："你们听见了吗？就是这样一个传一个的。"

"在这一带地方，常常有人唱的。"伊丽莎白说。

"对，"埃利克说，"这是放牛娃卡斯帕尔，他赶牛回家了。"

他们又听了一会儿，直到铃声渐渐上去，消失在农庄后面。"这是些古老曲子，"来因哈德说，"它们沉睡在山林深处；只有上帝知道是谁把它们找出来的。"

他抽出一篇新的来。

1　这是一首古老的民歌，有各种的标题，如《女尼》《年轻伯爵的歌》等，内容描述了一个美丽的贫家姑娘，不能如愿嫁给所爱的年轻伯爵，在修道院里度过了一生。

天色已经暗得多了；一片红色晚霞像泡沫似的浮在对岸的林梢上面。来因哈德摊开了这一篇，伊丽莎白用手将纸的一端按住，也在看纸上的歌。来因哈德读起来：

> 依了我母亲的意思，
>
> 我得嫁给另一个人；
>
> 从前我想望的事，
>
> 现在要我心里忘记；
>
> 我实在不愿意。

> 我埋怨我母亲，
>
> 实在是她误了我；
>
> 从前的清白和尊荣，
>
> 现在却变成了罪过。
>
> 叫我怎么办啊！

> 拿我的骄傲同欢快，
>
> 换得无穷的痛苦来。
>
> 啊，要是事情能挽回，
>
> 啊，我情愿走遍荒野，
>
> 去做一个乞丐！

来因哈德读的时候，觉得纸上有一种轻微的颤动；他读完了，伊丽莎白轻轻地把她的椅子往后一推，默默地走进园子里。她母亲的眼光送她出去。埃利克想跟着出去，可是母亲说："伊丽莎白到外面去有事情。"埃利克就不走了。

可是外面园子的上空和湖上夜色渐渐地浓了，飞蛾嗡嗡地飞过开着的门，花树的芳香一阵浓似一阵地吹进来；水面浮起了一片蛙声，窗下有一只夜莺在歌唱，另一只夜莺在园子的深处和着；明月在树梢出现了。伊丽莎白秀美的身形已经消失在花叶繁茂的幽径中了，来因哈德还向那个地方望了一会儿；于是他卷起了稿纸，又向在座的人告了罪，便穿过房屋走到湖滨。

树林静静地立在那里，把它们的黑影投在湖上，同时湖心又给笼罩在闷热的朦胧月光里。有时一种低微的飒飒声颤动地穿过树丛；可是并没有风，这只是夏夜的气息。来因哈德沿着湖继续往前走着。他看到一朵白色的睡莲开在离岸不十分远的地方。他忽然想起要走近去看看它；他便脱去衣服，走下水去。水很浅，尖利的水草和石子割痛他的脚，他始终走不到可以让他游泳的水深的地方。忽然地在他脚下陷了下去，水在他的头上旋转，过了好一会儿他才浮到水面上来。于是他动着手脚游泳起来，他绕了一个圈子才认清了他入水的地点。不久他又看到那朵莲花了，它孤单地躺在那些闪光的大叶子中间。——他慢慢地游过去，常常把胳膊举出水来，顺着胳膊滴下的水点在月光里闪耀；可是他同那朵花之间的距离好像一点也没有缩短似的；只有湖岸（当他回过头去看的时候）却被罩在愈来愈模糊的香雾中了。他还不肯放弃这件事，便打起精神继续朝着这个方向游过去。最后他竟然游到离花很近的地方，他可以借着月光看清楚了那些银白的花瓣，可是同时他觉得自己好像陷在一个网里面了；湖底那些滑湿的草梗漂浮上来，缠住他的光赤的四肢。一片茫茫的水黑黑地横在他的四周，他听见背后一条鱼跳动的声音；他在水里忽然觉得非常不安，便用力挣断水草的网，连气都不出地急急游回岸上来。到了岸他再掉转头去看湖，那朵睡莲仍旧躺在黑沉沉的湖心，依旧是那么远，那么孤单。——他穿好衣服，慢慢地走回家去。他从园中走进厅子里的时候，正看见埃利克同伊丽莎白的母亲在预备行装，他们第二天要出门去办一件事。

"这么夜深您在什么地方？"她母亲向他问道。

"我？"他答道，"我想去看看睡莲，可是没有办到。"

"你倒叫人不懂了！"埃利克说，"你跟睡莲有什么相干呢？"

"我从前跟睡莲很熟，"来因哈德说，"可是这是多年以前的事情了。"

伊丽莎白

第二天下午来因哈德同伊丽莎白到湖的对岸去散步，他们一会儿穿过了树林，一会儿又走到那段高高耸起的湖滨。埃利克嘱咐过伊丽莎白，要她在他和她母亲出门的时候领着来因哈德，去看看附近一带最美丽的风景，尤其是从湖对岸望庄子这边的景致。现在他们一处一处地游览。后来伊丽莎白累了，便在垂枝的树荫里坐下来，来因哈德站在她对面，靠在一棵树干上；他听见杜鹃在树林深处叫着，他忽然觉得这一切情景都是从前有过的。他带着一种奇特的微笑望着她。"我们要去找莓子吗?"他问道。

"这不是莓子熟的时节。"她说。

"可是莓子熟的时节快到了。"

伊丽莎白默默地摇摇头；她随即站了起来，两个人又继续往前走了；她这样在他身边走着的时候，他的眼光老是瞄向她；她走路的姿势很美，她好像是让她的衣服带着走似的。他常常不自觉地落后一步，去看她的整个身形。这样他们走到了一块空旷的灌木丛生的地方，从这里可以望见一片远景，一直到田野那边。来因哈德弯下身去，在地上生长的野草中间摘起一枝什么来。他再抬起了头，他的脸上露出一种非常痛苦的表情。"你认得这朵花吗?"

她惊疑地看了他一眼。"这是石楠。我常常在林子里摘过它们。"

"我在家里有一本老书，"他说，"我从前常常在那上面写下各种各样的诗歌；不过这已经是很久以前的事。书页中间也夹着一朵石楠；不过那只是一朵枯萎了的。你知道，那是谁给我的?"

她默默地点点头，可是她却埋下眼睛，凝神地望着他拿在手里的草。他们就这样立了好一会儿。等到她张开眼睛看他的时候，他看见她的眼里装满了泪水。

"伊丽莎白，"他说，"我们的青春就埋在那些青山背后。现在它到哪儿去了呢？"

他们不再说什么了；他们并着肩默默地走下湖滨去。空气闷热，黑云正从西方涌上来。"快有雷雨了。"伊丽莎白说，便加快了她的脚步。来因哈德默默地点点头，两个人沿着湖滨急速地走着，后来就到了他们停船的地方。

渡过湖的时候，伊丽莎白拿手扶着船舷。来因哈德一边摇桨，一边在看她；可是她的眼光却经过他眼前眺望着远方。他埋下眼睛去望她的手；这只苍白的手却把她的脸不曾表示出来的感情泄露给他了。他在这只手上看出了一种隐痛的微痕，女人的纤手夜间放在伤痛的心上的时候常常会现出这种痕迹来。——伊丽莎白觉察到他在看她的手，她便慢慢地把手从船舷上放进水里去了。

他们到了庄上的时候，看见宅子前面放着一架磨剪刀的小车；一个生着长长的黑色鬈发的男人忙着踏动车轮，嘴里哼着吉卜赛人的曲子，同时一只套在车上的狗正躺在旁边喘气。门廊上站着一个衣服破烂的姑娘，她有一张憔悴的美丽的脸，伸出手来向伊丽莎白讨钱。

来因哈德伸手进衣袋里去，可是伊丽莎白抢了先，她匆忙地把她钱袋里所有的钱都倾倒在讨饭姑娘摊开的手掌心里。于是她急急地转身走了，来因哈德听见她一路哭着走上楼去。

他想留住她，可是他思索了一下，便在楼梯口停住了。那个姑娘仍旧呆呆地站在门廊上，手里拿着刚才讨到的钱。"你还要什么呢？"来因哈德问道。

姑娘吃了一惊。"我不要什么了。"她说，随即回过头来向着他，用惊惶的眼光呆呆地望了他一会儿，她慢慢地向门口走去。他叫出了一个名字，可是她听不见了；她垂着头，两只胳膊交叉地放在胸前，穿过庄院走下去了。

死，啊死，

留给我的只有孤寂！

　　一首旧的歌在他的耳里响了起来，他简直喘不过气了；这只有一会儿的工夫，随后他便掉转身子，走到楼上他的屋子里去了。

　　他坐下来工作，可是他没有心思。他勉强试了一个钟点，并没有用，他便下楼到客堂里去。那里一个人也没有，只有阴凉的绿色的黄昏。伊丽莎白的缝纫桌上放着一条红带子，她这天下午在脖子上戴过的。他把它拿在手里，可是它使他痛苦，他又把它放下了。他心里还是静不下来，他便走到湖滨，解开了船；他划起桨来，将他刚才同伊丽莎白一块儿走过的那些路再走一遍。他回来的时候，天已经黑了，他在院子里遇见了马车夫，马车夫正要把拖车的马拉去吃草；出门的人刚刚回来了。他走进门廊，便听见埃利克在厅里来回走着的脚步声。他不进去会他；他静静地站了一会儿，然后轻轻地走上楼，回到他的屋子里。他坐在窗前一把靠背椅上；他极力想象着他在这里听下面紫杉篱间夜莺的歌声；可是他听见的只有自己的心跳。楼下宅子里众人都睡了，夜渐渐地逝去，他却没有觉得。——他这样地坐了几个钟点。最后他站了起来，探身到开着的窗外去。夜晚的露水正在树叶间滴着，夜莺已经停止歌唱了。夜空的深蓝色渐渐地被一片从东方升上来的淡黄的微光赶走了；一股清凉的风吹起来，抚摩着来因哈德发热的前额；第一只云雀欢欣地飞上了高空。——来因哈德突然转过身来，走到桌前。他摸索着去找一支铅笔，找到了，便坐下来，在一张白纸上写了几行字。他写完了，便拿起帽子同手杖，却把字条留着，他小心地开了门，走下去到了廊上。——曙光还停留在每个角落；那只大的家猫正在草席上伸腰，他无意地向它伸过手去，它便在他的手下耸起背来。可是外面花园里麻雀已经在枝上叽叽喳喳地叫了，告诉大家，夜已过去了。他听见楼上开门的声音，有人走下楼来，等到他抬头一看，伊丽莎白就站在他面前。她把一只手按在他的胳膊上，她的嘴唇动了一下，可是他一个字也没有听见。"你不会再来了。"她最后才说了出来，"我知道，你不要骗我；你永不会再来了。"

"永不。"他说。她把手放了下来，也不再说话了。他走过门廊到了门口，又一次转过身来。她仍旧呆呆地站在原处，用了失神的眼光望着他。他走了一步，朝着她伸出两只胳膊。随后他猛然掉转身走出门去了。——外面一切都躺在清新的晨光里，蜘蛛网上挂着露珠在最初的阳光里闪耀。他不再回头去看；他急急地走了出去；静静的庄子渐渐地在他后面隐去，广大的世界却在他的眼前展开了。

老人

月光不再照进玻璃窗里来了，现在完全黑暗了；可是老人仍旧抄着手坐在他的靠背椅上，望着眼前屋子的空间。他四周这一片黑暗渐渐地消失了，现在变成一个宽大、幽暗的湖；黝黑的水波一个跟随着一个不停地向前滚去，水波愈滚愈深，也愈远，最后的一个离得极远，老人的眼光差一点追不上了，在这个水波上，一朵白色的睡莲孤单地浮在许多大叶子中间。

房门打开了，一道亮光照进屋子里来。"您来得正好，布利吉特，"老人说，"只消把灯放在桌上就行了。"

于是他把椅子拉到桌子前面，拿起一本摊开的书，他又埋头去研究他年轻时候用过功的学问了。

鉴评：感伤的轻淡与距离之美

　　这篇小说的魅力在于它的轻淡美，也在于它的距离美。

　　它的轻淡美主要寓于它感伤的情调中。

　　谁也不怀疑，这是一个十足的感伤的爱情故事，甚至有的评论者认为，不是一般的感伤，而是"浓重的感伤"，自然，它被很多人视为感伤爱情的典范名篇，在"五四"以来的小说作品中，我们就可以常在带有感伤情调的人物手里，看到《茵梦湖》的译本，如果不是巴金译的，就是郭沫若译的。

　　"感伤的"一词的字根是"感情"，在欧洲，它最初出现于英语之中，《牛津大词典》1749年版中第一次收录了这个词，后来它由于被斯泰因用于他著名小说《感伤的旅行》的标题中而大为流行，因为这部小说颇有影响，它对欧洲范围里掀起的一股眼泪汪汪的文学潮流是起过作用的，而这一股眼泪之流，直到十九世纪还明显地润湿着浪漫主义文学。

　　从心理学来说，感伤具有感情至上的含意，在爱情领域里，它往往是指那种与追求肉体享乐的情欲相对的一种感情表现，带有柏拉图式恋爱的成分与纯洁端正的品格，在这里，精神的、感情的引力，要比肉体的诱惑更起重要的作用。

施托姆在《茵梦湖》中，正是致力于这种爱情描写。在这里，儿时的青梅竹马当然充满了纯真，就是青年时期的相恋，也似乎只是一种心心相印、不见言表的情愫，既没有狂热的山盟海誓，也没有心醉神迷的情话喁喁，也许会使一部分读者失望，连一个吻也没有出现！

作者看重的、欣赏的，正是这种天真、纯朴而又甘甜的情愫，也正是这种情愫提供了一种轻淡而非浓烈的美。

小说的感伤情调很大部分来自它的怀旧角度，如果没有怀旧的角度，几乎就不会有什么感伤了，当老人来因哈德在每天习惯的散步后回到自己那个条件舒适但气氛凄清的家里，看见自己青年时的女友挂在墙上的那张照片，就情不自禁轻声叫了一声"伊丽莎白"，这时，我们知道，下面等待着我们的，将是一片感伤。

感伤最忌过头，感伤也最容易过头，因为它本来就有多愁善感的成分与含义，试想，感情一激动，眼泪鼻涕全来了怎么办？如果感伤到了极端，简直就会像顾八奶奶的台词那样叫人恶心。

《茵梦湖》写感伤之成功，首先就在于它的轻淡。伊丽莎白婚后与来因哈德在田庄上的相见，是小说的主体部分，也是小说感伤情调表现的主要场所，在这里，伊丽莎白不由自主的婚姻的原委，是通过两句民歌来暗示的，伊丽莎白心里的隐痛，只表现在她起身离座的那个不大显眼的动作，来因哈德的感伤也只表现在他孤独一人的散步与在房中的静坐。他在田庄上做客的几天中，与伊丽莎白朝夕相处，而两人之间带有明显感情色彩的话语竟是那么的少，没有冲动，没有欲情，没有骚怨，没有断肠的痛苦，一切言行都是那么淡泊、含蓄、有节制，而且，施托姆又很留意把这一切淡泊的言行描写得十分轻淡，甚至不着痕迹。但与此同时，他却花了那么多笔墨把茵梦湖田庄内外的美景描写得那么精细、那么鲜明，是为了以这一大片动人的自然景色来陪衬人物心底的幽思？还是要让人物缕缕情愫在湖光山色之中更加缥缈？虽然这情思是如此轻淡，然而竟是那样悠长，直到来因哈德的晚年，只要他一回到自己的房间，看见她的照片，他就会轻声唤叫她的名字。

　　这就是我所见到过的层次最高的感伤，写得最美的感伤。

　　来因哈德的感伤在世上可谓一种典型，一种类型代表，有此经历、有此终生遗憾者，实大有人在，来因哈德式的感伤之所以如此悠长，原因就在于未实现的婚姻与未得到的少女始终就是这种人心里最美、最高的理想。

　　想象中的事物比实际的事物更美，没有实现的东西比实现了的东西更美，来因哈德身上那种遗憾、感伤，正来自自己与想象中的对象、未实现的对象之间的可望而不可即的距离，就像他在茵梦湖畔看睡莲的一幕那样：

　　　　他看到一朵白色的睡莲开在离岸不十分远的地方……于是他动着手脚游泳起来……不久他又看到那朵莲花了，它孤单地躺在那些闪光的大叶子中间。——他慢慢地游过去，……可是他同那朵花之间的距离好像一点也没有缩短似的；只有湖岸（当他回过头去看的时候）却被罩在愈来愈模糊的香雾中了。他还不肯放弃这件事，便打起精神继续朝着这个方向游过去。最后他竟然游到离花很近的地方，他可以借着月光看清楚了那些银白的花瓣，可是同时他觉得自己好像陷在一个网里面了……一片茫茫的水黑黑地横在他的四周……他在水里忽然觉得非常不安，便用力挣断水草的网，连气都不出地急急游回岸上来。

　　这一游去又游回，似乎有点像围城，一时要冲进城去，一时又要突围而出，作者要用这朵睡莲来象征爱情？而"水草"则意味着婚姻？这纯系猜测，即使有这种象征意味，也是朦胧而含糊的，但不论怎样，这样一种美感常情是存在的：正因为少女与爱情离来因哈德始终有一段距离，她们也就像月光下湖心中的睡莲一样朦胧而美妙，使他始终对她们保持着一种向往，而在这向往之中又不可分离地带有失落的憾然之感。这样，爱情对他也就形成了一种以欠缺为前提的距离美；而对我们读者来说，我们所看到的，只是人物与爱情、睡莲的距离与对爱情、睡莲的向往，而没有看到将来他是如何在得到"睡莲"的同时难免要卷入"水草"的罗网之中，于是，我们也就只看到了有距离美的感伤故事，我们所获得的，也就是一种夹杂着憾然的距离美感了。